Herbert Rosendorfer

Autobiographisches

Herbert Rosendorfer

Autobiographisches

Kindheit in Kitzbühel

und andere erinnernde Geschichten

nymphenburger

Für Elisabeth und Karl Alfred Wolken
in Freundschaft und Dankbarkeit

Inhalt

Vorwort

Normalerweise fängt der deutsche Jungautor mit einem autobiographischen Roman an, in dem er die Auseinandersetzungen mit seinem Vater (seltener: mit der Mutter) in literarisch überhöhter sowie psychologisch umrankter Weise schildert. In neun von zehn Fällen hört der deutsche Jungautor dann damit auch auf. Wie viele erfolgversprechende autobiographische Romanschriftsteller hat es wohl in den letzten fünfzig Jahren gegeben – von denen man dann nie mehr etwas gehört hat?

Ich will mich nicht loben, aber es ist mir immer gewiß Interessanteres eingefallen als meine Biographie, und so habe ich nie den vorgeschriebenen autobiographischen Roman verfaßt, weswegen ich auch von Institutionen literarischer Heiligsprechung übergangen werde.

Nun versuche ich, diese Scharte mit dem vorliegenden Band auszuwetzen. Keiner der Texte hier ist neu, alle sind, zum Teil verstreut in Sammelbänden usw., schon einmal erschienen, aber so geballt sind sie den Rezensenten noch nicht um die Ohren gehauen worden. Alle sind, wenn man so will, autobiographisch in dem Sinn, daß das meiste von dem Vorgelegten von mir erlebt und wahr ist. Ich hoffe nur, daß es nicht *zu* autobiographisch ist, d. h., daß man nicht allzuviel von meinem Seelenleben erfährt. Das wäre mir unangenehm. Warum, sage ich nicht, das wäre mir schon zu autobiographisch.

Ich habe die Arbeiten alle – zum Teil stark – überarbeitet, weil sie, schien mir, stilistischen Staub angesetzt hatten.

Verlorene Wege, *Fritz Rosl*, *Das beinah ermordete Zimmermädchen* und *Fräulein Mary Doll* sind – mit anderen Überschriften – als *Eichkatzelried* in Buchform erschienen. Ich habe, mit wenigen Ausnahmen, die danach verschlüsselten Namen wieder entschlüsselt, aus Eichkatzelried wieder Kitzbühel gemacht und sehe also Klagen wegen übler Nachrede entgegen. Zum *Beinah ermordeten Zimmermädchen* ist zu sagen, daß ich im Jahr 1996 durch einen generös ermöglichten Urlaub in Bad Gastein zu einem Widerruf der Verleumdungen veranlaßt wurde, der auch in den *Gasteiner Blättern* veröffentlicht ist. Nach fünfzig Jahren bin ich wieder den Spaziergang gegangen – es hat sogar in Bad Gastein die Sonne geschienen. Wie sich die Welt verändert. Und die Pension Hollandia ist verfallen und von Brennesseln überwachsen.
Andre der hier versammelten Beiträge sind Gelegenheitsarbeiten: die *Diebesfamilie*, das Nachwort zu *Ball bei Thod*, *Kyselack* und *Weinprobe* Artikel für die Zeitschrift Merian.
Sozusagen ein Kapitel für sich ist die Geschichte ... *ich geh' zu Fuß nach Bozen*. Seit 1. Februar 1997 muß die Justiz des Landes Sachsen-Anhalt und das Oberlandesgericht Naumburg ohne mich auskommen. Weder das eine noch das andere werden dadurch zusammenbrechen. (Ich hoffe aber wenigstens, daß sie dadurch keinen Aufschwung nehmen.) Ich bin also in Pension gegangen und daher – in Maßen und Grenzen – ein freier Mensch. Am 16. März 1997 bin ich in ein glücklich gefundenes, schönes Haus in Girlan eingezogen, das liegt im gesegneten Über-

etsch, wenige Kilometer südwestlich von Bozen. Was ich, als ich diese Skizze ... *ich geh' zu Fuß nach Bozen* schrieb, für nie möglich gehalten habe, ist wahr geworden: nach fast sechzig Jahren bin ich in meine Heimat zurückgekehrt. Ich räume ein, daß ich nicht zu Fuß gegangen bin, ich bin mit dem Auto gefahren, das ja auch irgendwie hierher kommen mußte, ein Möbelwagen hinterher. Aber ich habe nun einmal das Gelübde meiner Mutter übernommen. Ich muß es erfüllen. Ich muß also von München aus – ich habe das genauer eingegrenzt: vom Grab meiner Mutter und meiner Großeltern am Ostfriedhof in München aus – nach Bozen gehen, an die Stelle, wo das Haus stand, in dem ich geboren wurde. Wie ich das mache, verrate ich noch nicht, ich habe da schon einen gewissen Plan. Nur soviel: ich habe ja nicht gelobt, es in *einem* Marsch zu machen. Vielleicht schreibe ich dann die Abenteuer dieses Marsches auf. Den Titel habe ich schon: *Ein ererbtes Gelübde.*

Ein – trauriges – Wort ist zu *Et habui clavem ego* zu sagen. Damals, als ich Ehrengast der Villa Massimo war, leitete die noble Elisabeth Wolken diese Institution, die »Deutsche Akademie in Rom«, eine Stiftung ihrer Familie. Wenig später überzog ein Geflecht von Neid und Mißgunst Elisabeth Wolken, an dem namentlich eine von der Kritik hochangesehene, viertrangige Fäkalistin beteiligt war. Das Innenministerium, dem die Akademie nachgeordnet ist, benahm sich, milde gesagt, schofel, nicht anders der neue, ziemlich glücklose Direktor. Seit all dem habe ich die Villa Massimo nicht mehr betreten. Leider. Auch gut. Die Freundschaft mit Elisabeth und Karl Alfred Wolken, denen dieses Buch nun gewidmet ist, entschädigt mich dafür.

Herbert Rosendorfer, Girlan, Februar 1998

Der Kanarienvogel (3. v. r.) starb ca. 1947.
Meine Tante Imma und ich leben noch.

Eine Diebsfamilie
oder
Wie man ein Krokodil, eine Kanonenkugel und ein Bierfaß entwendet

Am 4. September 1963, an ihrem fünfzigsten Geburtstag, den wir drei Kinder mit ihr und einigen Freunden beim »Milan« mit einem kleinen Essen feierten, erklärte meine Mutter, daß sie beschlossen habe, nunmehr eine Dame zu werden. Nicht sie noch eines von uns Kindern hatte die leiseste Ahnung, daß ihr nur vier Wochen zur Ausführung dieses Entschlusses zur Verfügung stehen sollten. Anfang Oktober erkrankte sie an einer zunächst rätselhaften Krankheit, die ein Arzt merkwürdigerweise als Schwarze Pocken diagnostizierte, kam nach drei Tagen ins Krankenhaus und starb, noch bevor zwei Wochen vergangen waren, an Myelotischer Leukämie. Bei Ordnung ihres Nachlasses – eines sehr bescheidenen Nachlasses – fanden wir unter anderem eine Spanschachtel, in der ein kleiner Zettel mit dem handschriftlichen Vermerk von unserer Mutter lag: »Leer.«

Meine Mutter hat sehr jung geheiratet: im Februar 1933, da war sie keine zwanzig Jahre alt. Im Februar 1934 kam ich zur Welt, zwei Jahre später mein Bruder. Oft wurde unsere Mutter später – als wir achtzehn, zwanzig Jahre alt waren – für unsere ältere Schwester gehalten. Sie war blond, sah immer jung und frech aus, und ich erinnere

mich, daß wir einmal bei einem der Tanzabende in der »Goldenen Gans« in Kitzbühel einem besonders hartnäckigen Verehrer unserer »Schwester« durch Vorlage unserer Pässe das Verwandtschaftsverhältnis klarlegten.
Unsere wirkliche – jüngere – Schwester Marlene, die aber seit ihrer Geburt aus nicht mehr feststellbaren Gründen »Muschi« genannt wird, kam 1940 zur Welt, als wir, Gott sei's geklagt, dem Ruf eines Herrn, der sich Führer nannte, gefolgt und vom sonnigen Bozen in die unwirtlichen Tundren nördlich der Alpen übersiedelt waren. (Was für ein Gelübde meine Mutter in dem Zusammenhang abgelegt hat, habe ich in der Geschichte »... ich geh zu Fuß nach Bozen« beschrieben.) Damals, 1940, war mein Vater schon Soldat. Er ist 1943 in Italien gefallen. Ich habe zwar einige – wenige, sie rühren von den seltenen, kurzen Fronturlauben her – Erinnerungen an ihn. Kennen tu' ich ihn nur aus den Erzählungen meiner Mutter.
Mein Vater war Sparkasseninspektor. Nach seinem Tod erhielt unsere Mutter eine Pension, die – wenn man bedenkt, daß mein Vater im Alter von dreiunddreißig Jahren gefallen war und nicht Gelegenheit gehabt hatte, viele Dienstjahre anzusammeln – sehr bescheiden war. Wie unsere Mutter es geschafft hat, uns alle drei aufs Gymnasium zu schicken und dann noch studieren zu lassen, zu einer Zeit, wo es noch kein BaföG und dergleichen gegeben hat, ist mir heute ein vollkommenes Rätsel.
Zwar waren wir alle drei recht brave Schüler, meine Schwester aber war sogar eine Musterschülerin. »Was für ein Glück«, sagte mein Bruder später, »daß sie jünger ist. Nicht auszudenken, wie sie uns als Vorbild hingestellt worden wäre, wenn sie die Älteste gewesen wäre.« Übri-

gens ließ es meine Mutter mit dem Gymnasium nicht bewenden: meine Geschwister bekamen noch private Geigenstunden, mein Bruder und ich Harmonielehre, ich Cello- und Klavierstunden. Und dabei waren mein Bruder und ich noch ausgesprochene Fresser, ich außerdem unglaublich heikel mit dem Essen ... es ist mir ein Rätsel. So hatte (und habe) ich eine, wie ich meine, angeborene Abneigung gegen Zwiebeln (komischerweise nicht gegen Knoblauch), und alles mußte für mich extra ohne Zwiebeln zubereitet werden, sogar in einer eigenen Pfanne, denn ich merkte – merke heute noch –, wenn in einer inzwischen ausgespülten Pfanne vorher etwas mit Zwiebeln gebraten worden war.

Nach dem Abitur, das muß ich zur Ehre von uns beiden Söhnen sagen, halfen wir aber schon mit: wir verdienten in den Semesterferien Geld mit allen möglichen Hilfsarbeiten. Es gab keine Semesterferien für uns, in denen wir nicht gearbeitet hätten. Mein Bruder war zeitweilig auf dem Bau, dann in einer Azetylenfabrik und später in einem Unternehmen »Apparatebau« beschäftigt, das Gegenstand einer längeren Erzählung für sich wäre, die er aber selber schreiben müßte. Ich verdingte mich in noch mehr verschiedenen Branchen: ich kuvertierte Postwurfsendungen für eine Hagelversicherung, verlegte elektrische Leitungen in einer Papierfabrik, war Werkbote in der »Südbremse«, Werkstudent mit der Aufgabe, Besoldungsdienstaltersfestsetzungen für Lehrer auszufüllen im Kultusministerium (nannte mich Ministerialwerkstudent) und verteilte Werbebroschüren für eine Agentur, die Auswanderungen organisierte. Diese ganzen Arbeiten vermittelte das Studentenwerk. Man mußte vor einem Schalter anstehen. Wer am längsten angestanden hatte, bekam den

Job. Zweimal durfte man ablehnen. Wenn man den dritten Job nicht nahm – es war ja oft brutale Dreckarbeit dabei –, mußte man sich wieder hinten anstellen. Einmal, glaubte ich, lachte mir das Glück. Ich stand ganz vorn, als der Schalter aufging: »Hilfsarbeit in Miederfabrik, zwei Mann.« Die Kommilitonen machten neidische Witze, als ich zusammen mit dem nächsten in der Schlange loszog. Aber wir mußten nur vor der Miederfabrik – sie hieß Lewandowski, das werde ich nie vergessen – Erde schaufeln, acht Tage lang. Wir sahen kein einziges Mieder.
Beliebt waren Jobs wie: Baby-Sitten, Einspringen für Trauzeugen, Hundeausführen – oder gar ein Auto nach Teheran überführen mit Rückreise im Flugzeug. Solche Nobelarbeiten habe ich nie bekommen. Gelegentlich behaupte ich, es sei einmal beim Glockenspiel am Rathausturm einer von den Lanzenstechern ausgefallen und ich sei – rasch in ein Kostüm gesteckt – einige Tage lang eingesprungen, bis der hölzerne Ritter repariert war. Aber ich gebe hier zu, daß das – leider – nicht wahr ist.
So zwängten wir uns durch das Studium. Gegen dessen Ende erhielt ich dann meine erste bessere Beschäftigung: durch Vermittlung meines Freundes und Studienkollegen Dieter Simon (er ist heute Präsident der Berlin-Brandenburgischen Akademie) bekam ich ein Drittel einer Assistentenstelle im Römisch-rechtlichen Institut der Universität. Ich mußte den ungeheuren Bestand an Büchern katalogisieren, den ein ehemaliger Professor – Leopold Wenger, das Institut wurde dann nach ihm benannt – dem Institut vermacht hatte. Es waren Tausende von Bänden, ein unglaublicher Schatz an Büchern und – es ist mir unbegreiflich – alle von Leopold Wenger nicht nur gelesen, sondern durchgearbeitet: mit Anmerkungen und Verwei-

sungen in zierlicher, altmodischer Gelehrtenschrift versehen. Chef des Instituts war damals Professor Wolfgang Kunkel, leider längst verstorben, ein Mann, dessen wissenschaftliche Verdienste ich gleichermaßen wie seine menschliche Größe bewundere. Er ist einer der wirklichen Lehrer meines Lebens gewesen, und ihm verdanke ich – auch wenn ich kein Römisch-Rechtler geworden bin – die Liebe zur Geschichte der alten Welt. (Ein anderer Lehrer an der Universität, aber das ist schon fast wieder ein Kapitel für sich, war Professor Murad Ferid, von dem ich das Denken lernte.)

Wenn auch unsere Mutter mit fünfzig Jahren, also recht früh, gestorben ist, so hat sie doch zumindest erlebt, daß alle ihre drei Kinder auf eigenen Füßen standen und versorgt waren: meine Schwester war verheiratet, mein Bruder war Chemiker geworden und hatte eine Anstellung, ich hatte mein Assessorexamen gemacht. Sie dürfte das Gefühl gehabt haben, daß sie – unter anderem – die neunundneunzig gefüllten Knödel von *Steuerberg* in uns nicht umsonst investiert hatte.

Steuerberg – genauer gesagt: der Hof Hintersteuerberg – steht auf einem Hügel im Biechlach, einem Hochmoorgebiet in der Nähe von Kitzbühel. Durch eine Verkettung von merkwürdigen Umständen bewohnten meine Großeltern mütterlicherseits eine Wohnküche und ein Zimmer in diesem Bauernhaus während des Krieges. Als es meiner Mutter zu Anfang der fünfziger Jahre gelang – das war gar nicht so einfach –, die Großeltern aus Kitzbühel wieder nach München zu holen, behielt sie (es kostete eine minimale Miete) diese zwei Räume beim Hintersteuerberger. So hatten wir, obwohl im übrigen alles andere als mit weltlichen Gütern gesegnet, eine Sommerwohnung in Kitzbühel. Im Sommer 1953, nach meinem Abitur, waren dort: meine Mutter, wir drei Geschwister, eine Freundin meiner Schwester, ein Freund meines Bruders, die Schwester des Freundes meines Bruders und die Freundin meines Bruders. (Nicht alle freilich wohnten in den zwei Zimmern. Es wurden im Haus noch andere Zimmer angemietet.) Einmal kochte meine Mutter gefüllte Knödel, das sind etwa kindskopfgroße Knödel mit Füllung aus Hackfleisch. Gekocht wurden die Knödel in einem großen Waschkessel. Neunundneunzig Knödel. Mein Bruder aß – bei *einer* Mahlzeit – 33, ich 29; dann kam der Freund meines Bruders mit 17. Den Rest teilten sich die Damen. Wieso sowohl mein Bruder als auch ich damals immer so dünn wie Heringe waren, ist mir ein anderes Rätsel meiner Jugend.

So musikalisch meine Mutter war, so wenig geläufig war ihr die Literatur. Ein Instrument spielte sie zwar nicht, hatte aber eine sehr schöne Stimme. Ihre Darbietung des »Erzherzog-Johann-Jodlers« ist meiner Ansicht nach unerreicht. Das ist eine objektive Ansicht, denn sie hat sich bei der Hochzeit meines Bruders als richtig erwiesen. Mein Bruder heiratete in Uffing die Tochter einer äußerst renommierten dort ansässigen Familie. Der Großvater meiner Schwägerin war lange Jahre Bürgermeister dort gewesen, Ehrenbürger des Ortes, Gründungsmitglied des Trachtenvereins, ehemaliger Feuerwehrhauptmann, usw. Die Hochzeit – sie dauerte drei Tage und zwei Nächte – war ein gigantisches Fest. Auch das ist eine Geschichte für sich. Welche Position meine Schwägerin in Uffing hatte, erfuhr ich bei der standesamtlichen Trauung am Morgen des Hochzeitstages. Die Trauung vollzog der Bürgermeister, Nachfolger des alten Großvaters. Ich war der eine

Trauzeuge, der andere war ein Onkel der Braut. Mein Bruder und ich mußten unsere Pässe vorzeigen, bei der Braut und dem Onkel diktierte der Bürgermeister nur ins Protokoll: »Persönlich bekannt.«

Die Uffinger schauten bei der Hochzeit natürlich mit einem gewissen bäuerlichen Stolz auf uns Stadtleute herunter, aber nur, bis meine Mutter im Verlauf des ländlichen Balles am Abend aufstand, meine Schwester an der Hand nahm, auf die Bühne ging und – meine Schwester übernahm die zweite Stimme – den »Erzherzog-Johann-Jodler« sang. Der Beifall war frenetisch. Der amtierende Feuerwehrhauptmann drückte mir – der ich ja eigentlich gar nichts geleistet hatte – die Hand. Er sagte nichts, aber seine Miene verriet höchsten Respekt.

Daß meiner Mutter die deutsche Literatur nicht geläufig war, dafür konnte sie nichts. Sie kam 1919 in die Schule, als Südtirol schon italienisch, der Unterricht ausschließlich in dieser Sprache abgehalten wurde. Die klassische italienische Literatur aber kannte meine Mutter; noch in späteren Jahren konnte sie ganze Partien der »Divina Commedia« und der »Promessi sposi« auswendig, besonders aber liebte sie den »Sabbato del villaggio« von Giacomo Leopardi. Deutsch war zwar die Muttersprache unserer Mutter, aber ihre Schriftsprache war Italienisch. Mit der deutschen Orthographie stand sie nicht auf dem vertrautesten Fuß, im Italienischen machte sie keine Fehler. Sie sprach Italienisch – soweit ich das beurteilen kann – so, daß sie in Italien für eine Italienerin gehalten wurde, sie sprach es – wenn sie nicht darauf achtete – wohl mit einem winzigen Etsch-Akzent, also einem leichten tridentinischen Zungenschlag, allerdings konnte sie anderseits sogar die gezierte Sprechweise der Toscaner

einschließlich der Florentiner und Sieneser Abarten nachahmen.
Eine andere Fremdsprache hat sie in der Schule nicht gelernt – das heißt: Fremdsprache hat sie überhaupt keine gelernt, denn Italienisch war ja Unterrichtssprache. Als aber 1945 die Amerikaner nach Kitzbühel kamen, lernte sie buchstäblich im Handumdrehen soviel Englisch, daß sie für den ganzen Steinerbachhof – dort lebten zu der Zeit zehn Angehörige der Bauernfamilie und gut und gern fünfundzwanzig Flüchtlinge – dolmetschen konnte. 1946 oder 1947 setzte ihr jemand den Floh ins Ohr, nach Südamerika auszuwandern (einen Plan, den schon vor dem Krieg mein offenbar plänereicher Vater erwogen hatte), und zwar nach Bolivien. Sie belegte einen Spanischkurs an einer Art Volkshochschule. Nach einem halben Jahr stellte sich die Emigrations-Agentur, die die Auswanderung vermitteln wollte, als dubioses Unternehmen heraus. Meine Mutter gab den Spanischkurs auf, aber in der kurzen Zeit hatte sie soviel gelernt, daß sie spanische Zeitungen lesen konnte.
Ihre Sprachenbegabung setzte sie auch zu unlauteren Zwecken ein: als sie einmal am Stachus von einem Polizisten gemaßregelt wurde, weil sie bei Rot über die Straße gegangen war, überschüttete sie den Polizisten mit einem italienischen Wortschwall, worauf der Polizist seinen Verwarnungsblock wieder einsteckte. Ich war dabei. Danach, als der Polizist außer Hörweite war, beruhigte sie ihr südtirolisch-patriotisches Gewissen mit der Äußerung: »Not kennt kein Gebot.«
Die eminente Sprachbegabung meiner Mutter habe ich leider nicht geerbt, aber sie hat mir – trotz sonst eher mäßigen Italienischkenntnissen – »für einen«, sage ich im-

mer, »der nicht italienisch kann, kann ich es ganz gut« – ein feines Ohr für den italienischen Tonfall mitgegeben, die Liebe zur italienischen Küche (die unsere Mutter beherrschte) und die Kenntnis einiger ausgefeilter italienischer Flüche. 1970 war ich in Neapel. Ich war mit dem Auto im Abendstraßenverkehr auf der Suche nach der Zufahrt nach Capodimonte. Der Straßenverkehr in Neapel ist zu Recht berüchtigt. In sieben Reihen fuhren die Autos hupend und stinkend kreuz und quer durcheinander. Ich hatte mich falsch eingeordnet, ganz rechts, wo ich links abbiegen mußte. Ich drängelte hinüber, schnitt die Fahrbahn eines Napolitaners. Der bremste, sah natürlich die deutsche Nummer, kurbelte sein Fenster herunter und wollte etwas sagen. Aber da hatte ich auch mein Fenster heruntergekurbelt und schleuderte ihm einen mir aus dem Nachlaß meiner Mutter geläufigen, speziell napolitanischen Kern-Fluch entgegen. Der Italiener sagte nichts mehr. Ich glaubte Hochachtung in seinem Blick zu lesen. Nicht nur mit Hilfe ihrer Sprachbegabung – muß ich leider einräumen – ging unsere Mutter unlauteren Dingen nach. Sie hatte überhaupt einen Hang zum Unfug, der in die Kleinkriminalität hinüberschimmerte. Mehr als einmal mußten wir Geschwister uns unserer Mutter schämen. Im Botanischen Garten stahl sie aus einem Gewächshaus einen Blumentopf. Mein Bruder schimpfte. Meine Mutter argumentierte: »Zähl einmal! Da stehen neunundvierzig gleiche Blumentöpfe. Warum soll der Botanische Garten nicht mit achtundvierzig auch auskommen.« Ich wandte ein, daß sie mit dem ziemlich großen Topf nicht am Wärter vorbei hinauskommen würde. Das sollten wir, sagte sie, ihre Sorge sein lassen.

Es gelang ihr. An dem Blumentopf – was für Blumen das

waren, weiß ich nicht mehr, seltene waren es, wofür unsere Mutter eine Vorliebe hatte, blau-violett blühende – bewahrheitete sich dann eines der Lieblingswörter unserer Mutter: daß gestohlene Brennende Lieb' am schönsten blühen.

Das kriminalistische Hauptvergnügen unserer Mutter aber war der Schmuggel. Zweimal im Lauf der Jahre zwischen 1945 und 1948 – also unter sozusagen verschärften Bedingungen, weil nicht nur die Grenzer, sondern auch die Besatzungssoldaten kontrollierten – schmuggelte sie mich, einen lebenden etwa zwölfjährigen Knaben, zu Besuchszwecken von Kitzbühel nach München und zurück. Später schmuggelte sie Kaffee, Zigaretten, Schokolade über diverse Grenzen, meist für andere, häufig sogar für wildfremde Leute, was uns Kinder oft erboste: was gingen sie diese Leute an? sagten wir. Aber wir verstanden nicht, daß für sie das Schmuggeln Selbstzweck war. Einmal schmuggelte sie ein Faltboot von München nach Bozen (also über zwei Grenzen), einmal einen Kanonenofen. Den Kanonenofen hätte sie völlig legal mit nach Bozen nehmen können, wenn sie vorher ein Formular ausgefüllt hätte. Aber sie zog es vor, zu schmuggeln. In München an die Bahn bringen mußten den Kanonenofen wir Buben. Wir mußten auf Anweisung unserer Mutter den Ofen in eines der Zug-Klosette stellen. Sie selber setzte sich in ein Abteil eines anderen Waggons. In Kufstein habe es dann – erzählte sie später – bei den Grenzern eine große Aufregung gegeben: die Beamten seien herumgelaufen und haben gefragt, wem der Ofen gehöre. Niemand habe sich gemeldet. Auch meine Mutter war natürlich ganz still geblieben. Der Zug habe Verspätung bekommen, sei aber dann doch – mitsamt Kanonenofen – weitergefahren. Meine Mutter hatte richtig gerechnet: es war für die Grenzer einfacher, den Kanonenofen auf sich beruhen zu lassen, als ihn sicherzustellen (wohin damit? waren die österreichischen oder die deutschen Grenzer zur Verwahrung verpflichtet?) und ein Protokoll anzufertigen.

Einmal stahl meine Mutter ein schönes Votivbild aus einer Wallfahrtskirche (»– ob dort 348 oder 347 hängen, fällt niemand auf –«), einmal ein lockeres Stück, eine schön geschnitzte gotische Rosette, von einem Beichtstuhl. In Schloß Runkelstein bei Bozen stahl sie – während einer Führung – eine steinerne Kanonenkugel. Erschwerend kam in dem Fall die Tücke des Objektes dazu: als Proviant für den Ausflug nach Runkelstein hatte meine Mutter in einer Konditorei in Bozen Kuchen gekauft. Mein Bruder – ich esse kaum Kuchen – aß den Kuchen sehr bald auf. Nicht so sehr aus Gründen des Umweltschutzes, sondern aus Sparsamkeit warf meine Mutter die papierene Tragtüte – eine schöne, bodenverstärkte Tüte mit weißrot gedrehten Schnüren zum Tragen – nicht weg, sondern faltete sie zusammen und steckte sie in die Handtasche. »Siehst du«, sagte sie dann leise zu mir, »wie gut, daß ich sie nicht weggeworfen habe«, und verwahrte die Kanonenkugel in der Kuchentüte, die sie dann unauffällig neben ihrer Handtasche trug. Nach kurzer Zeit aber, keine drei Räume auf der Führungslinie weiter, brach die Kugel durch und krachte zu Boden. Der Führer stutzte kurz, aber meine Mutter tat geistesgegenwärtig so, als sei ihr – was den Krach nur mühsam erklärte – die Handtasche hinuntergefallen und deckte die nun bodenlose Tüte über die Kugel. Mein Bruder – er hatte ja schließlich auch den Kuchen alleine gegessen – mußte dann die Tüte mit der Kanonenkugel unterm Arm durch das restliche Schloß tragen.

Meine Schwester, die überhaupt immer die Bravste der ganzen Familie war, hat offenbar nichts von der kriminellen Ader unserer Mutter geerbt. Für meinen Bruder und mich würde ich, wenn man so sagen kann, nicht die Hand ins Feuer legen. In der Regel habe ich nur – früher; heute bemühe ich mich längst schon von Berufs wegen um ein möglichst einwandfreies Leben – immer mehr Angst gehabt als meine Mutter. Mein Bruder nicht, weshalb ich bei den zwei gewichtigen Diebstählen, die ohne unsere Mutter ausgeführt wurden, eher untergeordnete Funktionen erfüllte. Es handelte sich um die Entwendungen eines Bierfasses und eines Krokodils. Ich muß dabei gleich voranschicken: die Sache wurde dadurch erleichtert, daß das Bierfaß leer und das Krokodil ausgestopft war.
Das Bierfaß – ein Fünfundzwanzigliter-Faß – stahlen wir im Augustiner in der Neuhauser Straße. Mein Bruder nahm beim Hinausgehen das Faß unter dem Mantel vor den Bauch. Er sah aus wie im neunten Monat. Mein Bruder und ich wollten uns für unser Zimmer ein Radio in das Faß einbauen lassen. Meines Wissens kam das Faß dann beim Elektriker abhanden.
Das ausgestopfte Krokodil gehörte – gehört, streng genommen, juristisch gesehen, heute noch – dem Gymnasium, auf das meine Schwester ging. Als meine Schwester siebzehn oder achtzehn Jahre alt war, fand in der Schule ein Sommernachtsfest statt. Da es sich um eine reine Mädchenschule handelte, war Herrenbesuch erwünscht, sofern sich die Herren ordentlich benahmen, wobei allerdings von den Lehrern wohl eher Verfehlungen sittlicher Art befürchtet wurden als Krokodilsdiebstähle. Mein Bruder und ich und zwei Freunde von uns (Gigo hieß der eine, Curtius der andere) gingen mit meiner Schwester, die

einige ausnehmend hübsche Schulfreundinnen hatte, auf das Fest, und dort entdeckten wir im Verlauf des Abends auf einem Schrank ein etwa eineinhalb Meter langes, ausgestopftes, verstaubtes Krokodil. Zu unserer Ehrenrettung muß ich sagen, daß das Krokodil sichtlich aus dem Inventar der Gründerzeit der damals hundert Jahre alten Schule stammte, so schlecht und unförmig präpariert war, daß es als Anschauungsobjekt moderneren biologischen Lehrplänen Hohn gesprochen hätte, nach den Angaben unserer Schwester nie verwendet und wahrscheinlich vom Hausmeister nur deshalb nicht beseitigt wurde, weil es in der Mülltonne nicht Platz hatte.

Dennoch war die Entwendung nicht einfach, denn überall standen Lehrer herum, und bekanntlich wird dem Eigentümer überflüssige Habe dann wertvoll, wenn sie ihm streitig gemacht wird. Unser Freund Curtius (nicht identisch oder auch nur verwandt mit dem großen Romanisten, Curtius war nur sein Spitzname) verursachte einen partiellen Kurzschluß, der zwar bald behoben war, aber die Aufmerksamkeit der Lehrer – es waren ja noch andere Zeiten damals – erhöht auf die Sittlichkeit der Schüler hin- und von den ausgestopften Unterrichtsgegenständen ablenkte, und uns Zeit genug ließ, das Krokodil in den Hof zu transportieren. Dort lehnten wir es an einen Baum.

Als weit schwieriger erwies sich der weitere Transport. Curtius war als einziger von uns motorisiert. Er hatte bei einem Preisausschreiben eine *Isetta* gewonnen, ein winziges Gefährt, ein, wie es die Firma nannte, Motor-Coupé, in dem zwei Leute nur Platz hatten, wenn sie sich hineinzwängten. Als das Fest zu Ende ging, fuhr Curtius mit seiner *Isetta* außen an die Hofmauer heran, mein Bruder hob von innen das Krokodil hinauf, ich streckte mich außen hoch, nahm es in Empfang. Curtius, ich und das Krokodil hatten in der *Isetta* nur Platz, wenn das Dach zurückgeschoben wurde (das konnte man bei dem Gefährt) und ich das Tier senkrecht hielt. Der Schwanz schaute oben heraus. Soweit so gut, nur: bald darauf begann es zu regnen. Wir wurden in der *Isetta* tropfnaß, außerdem färbte das Krokodil ab.

Die Untaten sind verjährt. Dies festzustellen, gebietet mir meine juristische Seele. Das Krokodil aber – damit man nicht meint, ich habe das alles nur erfunden – ist im Arbeitszimmer meines Bruders zu besichtigen; dort liegt auf dem Schreibtisch als Briefbeschwerer auch die Kanonenkugel aus Stein. Die geschnitzte Rosette steht hier bei mir. Unsere Mutter, die nun schon fast zwanzig Jahre tot ist, liegt in der kalten Erde des Ostfriedhofs begraben.

Der Arzt, der meine Mutter im Schwabinger Krankenhaus behandelte, ein sehr junger Arzt, war Praktikant meines Bruders gewesen, das heißt: der Arzt, damals noch Medizinstudent, hatte bei meinem Bruder, der eine Zeitlang eine Art Assistent im Chemischen Institut war, sein chemisches Praktikum gemacht. So fühlte sich der Arzt verpflichtet, mit meinem Bruder offener und ehrlicher zu reden als mit anderen Patienten-Angehörigen. Wir wußten damit sehr bald, daß es für meine Mutter keine Rettung mehr gab. Als mich mein Bruder am Abend des 9. Oktober 1963 – es war ein Mittwoch – anrief und mir sagte, daß unsere Mutter die Nacht vielleicht nicht mehr überleben werde, fuhr ich – ich wohnte damals im trostlosen Fürstenried – hinein in die Stadt.

Ich traf mich mit meinen Geschwistern vor dem Krankenhaus. Es war zehn Uhr abends. Meine Schwester sagte, daß wir unmöglich alle drei zu unserer Mutter um diese

Zeit hinaufgehen könnten, weil sie dann merken werde, was los ist.
Meine Schwester und mein Bruder sagten: *ich* solle hinaufgehen, der Älteste.
Meine Mutter war hellwach. Ich sagte ihr, daß ich zufällig noch vorbeigekommen sei, von irgendeinem Besuch, den ich in der Nähe gemacht habe. Ich nehme an, sie hat die Lüge nicht geglaubt. Daß ich die Nacht nicht bei meiner Mutter geblieben bin, ist eine Gewissenswunde, die bis heute nicht verheilt ist. Ich saß vielleicht zwei Stunden dort, redete dies und das mit meiner Mutter. Sie schlief ein, wachte wieder auf.
Die Nachtschwester, eine erfahrene Frau, hatte den richtigen Blick für den ernsten Zustand der Patientin. Der Arzt kam um Mitternacht. Er untersuchte meine Mutter, die dann wieder einschlief. Draußen redete ich mit dem Arzt. Er sagte: sein könne alles, man müsse mit allem rechnen; es sei nicht sinnvoll, die Nacht durch zu warten. Es könne noch einige Tage dauern, vielleicht sogar ein, zwei Wochen. Ich solle jetzt gehen. Natürlich könne ich auch bleiben …
Ich schaute noch einmal zu meiner Mutter hinein. Sie schlief. Dann ging ich. Ich hätte bleiben sollen.
Am Donnerstag, den 10. Oktober, früh um sechs Uhr … die Nachtschwester sagte meinem Bruder: unsere Mutter habe noch einen merkwürdigen, lauten Schrei getan, einen Schrei, der gar nicht wie von ihrer Stimme klang, dann sei sie gestorben.
Ich bin viele Monate lang jeden Donnerstag um sechs Uhr aufgewacht. Im Lauf der Jahre hat sich das verloren. Drei Jahre später – ich war inzwischen Assessor bei der Staatsanwaltschaft in Bayreuth – wachte ich wieder an einem

Donnerstag um sechs Uhr früh auf. Ich wachte nicht auf, wie man gewöhnlich aufwacht, ich wachte auf, als ob ich schlagartig von jemandem geweckt worden sei. Es war mir, als habe jemand eben das Zimmer verlassen. Ein unendlich wohliges, ein unbeschreiblich angenehmes Gefühl durchzog mich, ein seliges, behutsames Gefühl der Geborgenheit. Ich bin sicher, daß meine Mutter zur Wiederkehr der Stunde ihres Todes mich besucht hatte.

Was meine Mutter von meiner Schriftstellerei gehalten hat, weiß ich nicht. Geäußert hat sie sich nie. Ich habe sie auch nie gefragt. Über ernsthafte Dinge wurde in der Familie selten gesprochen. Wir stimmten in allen wesentlichen Fragen unserer Existenz überein, und es genügte, daß wir das wußten. Darüber zu sprechen erübrigte sich. Große tragische Auseinandersetzungen, Davonlaufen, Türenschlagen gab es nicht. Nicht nur das Moralische, auch das überhaupt Existentielle verstand sich von selbst. Dafür wurde sehr viel gelacht. Unsere Mutter hatte – und hat es uns entweder vererbt oder durch ihr Beispiel weitergegeben – großen Hang zu Albernheiten und Witzen. Sie klagte einmal mir gegenüber, daß sie in Gesellschaft, wenn Witze erzählt würden, namentlich bei unanständigen, immer als allererste lachen müsse. Sie sei schon mehrfach unangenehm aufgefallen. Aber das werde sie abstellen, sagte sie, denn, wie oben schon erwähnt, werde sie mit fünfzig Jahren eine Dame.

Was sie von meiner Schriftstellerei hielt, habe ich also nie erfahren. In den Weg gelegt hätte sie uns Kindern nie etwas; höchstens, daß sie ganz verhalten abgeraten hat. Eine Zeitlang bildete ich mir ein, Komponist werden zu müssen. Ich komponierte eine Symphonie, eine richtige, ausgewachsene Symphonie mit vier Sätzen für großes Orchester. Nur noch an die Tonart kann ich mich erinnern: d-Moll, und daß ich den Dur-Schlußsatz originellerweise, wie ich meinte, nicht in der Dur-Variante D-Dur, sondern in der Dur-Parallele F-Dur schrieb. Ich erinnere mich, daß ich einmal – ich weiß es wie heute – in der Küche saß. Meine Mutter hantierte hauswirtschaftlich, ich blätterte genüßlich in der fertigen Partitur, um mich am Anblick der vielen, schönen selbstgefertigten Notenköpfe zu erfreuen. Da schaute meine Mutter zweifelnd her und sagte: »Meinst du wirklich, daß das was ist?«

Ich war zunächst erbost und gekränkt, aber nach kurzer Zeit kamen mir selber berechtigte Zweifel. Zum Glück hatte ich die Symphonie mit Bleistift geschrieben. Ich radierte sie aus und verwendete die kostbaren Notenblätter anderweitig. Viele Jahre später, jetzt, in diesen Jahren, habe ich einen Bogen, vier Seiten, dieser Partitur gefunden, die nicht ausradiert waren. Unter anderem enthielt das Fragment das Kopfthema des ersten Satzes. Es erinnerte in mehr als peinlicher Weise an ein Thema von Chopin. Sehr geniert verbrannte ich dann auch dieses Relikt.

Mehr hielt meine Mutter von meiner zeichnerischen Begabung, die sie auch förderte. Als es uns finanziell etwas besser ging, zu Anfang der fünfziger Jahre, schenkte sie mir sogar einen Ölfarbenkasten. Auch von meinen Ölgemälden hat sich keines erhalten. Wo sie hingekommen sind, weiß ich nicht. An ein Bild kann ich mich erinnern, es hieß: »Zwei Konzertflügel in arkadischer Landschaft«.

Als ich nach dem Abitur die bildende Kunst zu meinem Beruf machen wollte, hatte meine Mutter zwar nichts dagegen, aber als ich ein Jahr später dann von der Kunstakademie zur Juristischen Fakultät der Universität überwechselte, war sie doch erleichtert.

Ich hatte damals schon meine ersten literarischen Arbeiten geschrieben. Gedruckt worden ist zu Lebzeiten meiner Mutter aber fast nichts, nur ganz spärlich die eine oder andere kurze Erzählung in den »Dolomiten« oder der »Tiroler Tageszeitung« und die Erzählung »Die Glasglocke« in dem Jahrbuch »Wort im Gebirge«, das damals Gertrud Fussenegger herausgab, die meine »Entdeckerin« ist. Ich hatte eine innere Sperre, meine Manuskripte vorzuzeigen. Ich schämte mich, daß sie eigentlich niemand haben wollte. Dadurch wollte sie aber natürlich erst recht wieder niemand haben, weil ich sie ja nicht hergab. Auch an Verlage schickte ich sie sehr selten, und nur, wenn mich jemand dazu drängte. Daß das Manuskript der »Glasglocke« Gertrud Fussenegger in die Hände kam, die es dann in ihre Anthologie aufnahm und andere Manuskripte an die erwähnten Zeitungen vermittelte, verdanke ich meinem Freund Helmut Schinagl, der damals schon als Schriftsteller zumindest in Tirol einen Namen hatte. Er gab Frau Fussenegger die »Glasglocke«. Heute weiß ich, daß damals, wo der literarische Nachwuchs sich ausschließlich in inneren Monologen, in psychologischer Lyrik und in der Imitation amerikanischer Prosa ergoß, und wo von einem, der (scheinbar) nur erzählte, kein Hund einen Knochen nahm, meine Zeit noch nicht gekommen war.

So hat meine Mutter von meinen Arbeiten wohl nur die »Glasglocke« gelesen. Gekannt hat sie auch den »Besuch«, weil sie dabei war, als ich – das war mein Debut in München – diese Erzählung in der Max-Halbe-Gesellschaft las. Anneliese Halbe, Tochter Max Halbes, die durch Vermittlung Wieland Schmieds auf mich aufmerksam wurde, verdanke ich dieses Debut. Weder über die »Glasglocke«

noch über den »Besuch« äußerte meine Mutter eine Kritik. Aber ein bißchen stolz war sie schon.
Der Abend in der Max-Halbe-Gesellschaft war auch aus anderen Gründen denkwürdig. Ich fungierte dort nur als Einleitung, ein jugendliches Vorspiel für den eigentlichen Autor des Abends, einen Dichter, der sich Peter Dießen-Vickersund nannte. Das war ein hemmungsloser Lyriker, der Gedichte, hauptsächlich Balladen, in deutsch, englisch und – glaube ich – norwegisch vortrug, und zwar sehr viele Gedichte. Er hatte alle Ereignisse der jüngeren Geschichte zu Balladen im Stil Uhlands verarbeitet, unter anderem die berühmte Geschichte des Uhrmachers von Scapa Flow, der ein deutscher Spion war und das Eindringen Kapitän Priens und seines U-Bootes in die Bucht von Scapa Flow ermöglichte. Die Ballade gehörte zu den englischen Gedichten und hatte den Refrain »Sevenhundred drunken sailors ...« Meine Mutter mit ihrem ausgezeichneten Gedächtnis konnte das Gedicht nach nur einmaligem Hören fast auswenig und rezitierte es dann, allerdings in einer Interpretation, die kaum im Sinn des Autors gewesen sein dürfte, noch häufig.
Der Dichter, der irgendwie anders hieß, sein Pseudonym nach seinen zwei Wohnsitzen in Dießen am Ammersee und – angeblich – Gut Vickersund in Norwegen gewählt hatte, war ein Kerl von Nerven, wie sie nur Lyriker und Eisenflechter haben. Er las und las, hatte ganz Leitz-Ordner mit Gedichten dabei und kümmerte sich nicht um das nach und nach immer lauter werdende Scharren und Murren des Publikums. Frau Halbe versuchte, dem Dichter dezente Zeichen zu geben: er solle aufhören. Dießen-Vickersund übersah das. Erst als mein schon erwähnter Freund Curtius laut »Zugabe!« rief und alle lachten,

schaute Dießen-Vickersund betrübt auf, zuckte etwas, las nur noch fünf oder sechs Gedichte und schloß dann den Vortrag.

Ich habe vom Dichter Dießen-Vickersund nie mehr etwas gehört, habe ihn auch nie mehr gesehen, wohl aber ist ihm mein Vetter Karl Rosendorfer, der damals bei uns lebte, weil er in München arbeitete, später noch einmal begegnet. Es war im Frühjahr, und viele Flüsse waren übers Ufer getreten. Auch die Isar führte viel Wasser. Mein Vetter ging über die Reichenbachbrücke nach Hause, da sah er Dießen-Vickersund am Geländer stehen. Mein Vetter erkannte den Dichter wieder und sprach ihn an. Der Dichter war erfreut und erzählte, daß er hier warte, weil in der Zeitung gestanden habe: für heute werde in München Hochwasser erwartet. Er rechnete, sagte Dießen-Vickersund, mit einer Katastrophe. Die wollte er beobachten und zu einer Ballade verarbeiten.

Es kam übrigens in dem Jahr kein Hochwasser. Die Regenfälle ließen nach, und das Wasser der Isar verlief sich noch oberhalb der Stadt. Der Dichter mußte ohne Stoff für eine Ballade nach Dießen (oder nach Vickersund) heimkehren.

In der Ohlmüllerstraße, wo wir wohnten, gab es einen Bäckermeister, der hieß Karl Ulrich. Mit der Bäckerei Ulrich verband uns mehr, als daß unsere Mutter die ganzen Jahre das Brot dort einkaufte, denn der einzige Sohn des Bäckermeisters Ulrich, der auch Karl Ulrich hieß – im Sprachgebrauch der Au: der Ulrich Karä – war gleich alt wie mein Bruder, ging mit ihm in die gleiche Klasse und war sein Freund. Der Ulrich Karä war ein äußerst aufgeweckter Kerl, wußte mit erfrischender Natürlichkeit, wann er frech, wann er vernünftig sein mußte, interessierte sich für viele Dinge: fürs Theater, namentlich auch für die Malerei. Im Zeichnen war er sehr talentiert, auch spielte er recht gut Trompete. Nach der Mittleren Reife ging der Ulrich Karä von der Schule ab, weil er ja nicht studieren sollte, sondern Bäckermeister werden. Das wurde er auch, danach wurde er auch noch Konditormeister – zwei Handwerksmeisterbriefe sind eine Leistung, vor der man Respekt haben darf, das macht dem Ulrich Karä nicht so schnell einer nach. Heute hat er längst den Betrieb übernommen, sein Vater ist vor Jahren schon gestorben, der »alte« Bäckermeister Ulrich. Der war für uns Kinder eine Respektsperson. Er war groß und dick, hatte einen richtigen Münchner Schnauzbart; jeden Morgen, wenn er, der ja um drei oder gar um zwei Uhr aufstand, seine Tagesarbeit beendet hatte, ging er in seiner weißen Schürze, in den Bäckerschlapfen zum Friseur, um sich rasieren zu lassen. Er wechselte genau ab: einen Tag ging er zum einen, am nächsten Tag zum anderen Friseur der Ohlmüllerstraße. Beide Friseure waren Kunden bei ihm.

Der alte Bäckermeister Ulrich war nicht unfreundlich zu uns Kindern: er sah von der Warte seiner in sich ruhenden, gewichtigen Persönlichkeit über uns hinweg. Das war nicht Hochmut, es war höherer Überblick. Er mochte Kinder, redete ab und zu ein Wort mit uns, streichelte uns übers Haar sozusagen, aber etwa so wie ein großer Jagdherr seine Hunde streichelt, die er gar nicht alle kennt.

Meine Mutter, habe ich gesagt, war doch stolz darauf, als die »Glasglocke« in der erwähnten Anthologie erschien. Sie erzählte diesen für die Ohlmüllerstraße aufsehenerregenden Sachverhalt der Bäckermeisterin beim Broteinkauf, die es dann ihrem Mann weiterberichtete. Seit Menschengedenken hat es in der Ohlmüllerstraße niemanden

gegeben, von dem etwas Selbstverfaßtes gedruckt worden wäre. Mein Bild rückte quasi ins Exotische.
Da kam eines Tages der Ulrich Karä zu uns herüber und sagte: der Herr Vater lasse ausrichten, er habe von meiner gedruckten Erzählung gehört, und er bitte um leihweise Überlassung auf zwei Tage. Ich gab dem Ulrich Karä das Buch mit. Korrekt, wie nicht anders zu erwarten, brachte er es pünktlich nach zwei Tagen zurück, mit Dank vom Vater. Der Vater habe die Erzählung gelesen. Sie habe ihm gefallen.
Viel später erfuhr ich, daß meine Erzählung das Leben des Bäckermeisters Ulrich ein wenig geändert hatte. Zwar war meine Erzählung unstreitig ein gedruckter Tatbestand, aber der Bäckermeister hatte eine so hohe Meinung von der Literatur, daß er unmöglich annehmen konnte, ein lediglich in der Ohlmüllerstraße wohnhafter Mensch, der noch dazu ungefähr mit seinem Sohn in die Schule gegangen war und dessen Mutter bei ihm das Brot kaufte, könne Verfasser *wirklicher* Literatur sein. Fast verschämt, erfuhr ich, sei der Bäckermeister bald darauf einmal in die Innenstadt hineingefahren und habe ein Buch von einem richtigen Schriftsteller, also einem Schriftsteller, den er *nicht* kannte, gekauft. Das Buch hat er nicht nur gekauft, sondern auch gelesen: wahrscheinlich langsam, sorgfältig und genau, so wie er seine Semmeln und Torten herstellte. Es sei nicht das einzige Buch geblieben, wurde mir berichtet. So habe ich zumindest dieses Verdienst in der Literatur.
Ich wollte, ich könnte meiner Mutter meine Bücher in die Hand drücken, könnte sie mitnehmen, wenn ein Theaterstück von mir gespielt wird. So liegt sie aber nun schon fast zwanzig Jahre unter dem schmiedeeisernen Kreuz auf

dem Ostfriedhof, nicht auf dem Friedhof von Aldein in Südtirol, wie sie es sich gewünscht hat. Aber immerhin hat mein Bruder, der ein großer Bergsteiger war, ein paar Steine vom Rosengarten mitgebracht, ihrem Lieblingsberg, den sie mit unserem Vater oft erklettert hat; wir haben die Steine in die Einfassung des Grabes eingießen lassen, einen fernen Gruß aus ihrer sonnigeren Heimat, in die zurückzukehren ihr nicht mehr vergönnt war.

Seit meiner Erstkommunion (1943) habe ich nie wieder weiße Handschuhe getragen. Die hier waren ausgeliehen.

Gelegentlich habe ich mit
dem Skizzenblock das
»Deutsche Museum« besucht

Erstes Intermezzo

Seit unvordenklichen Zeiten

Die Übersiedlung von Bozen nach München war mit Schwierigkeiten verbunden. Wir wohnten damals im Dorf Bozen in der Villa Egger im Souterrain. Den Sommer über brachte mein Vater meine Mutter und die – vorerst noch – zwei Kinder, also meinen Bruder und mich, in die *Sommerfrische*, wie in Bozen üblich. Freilich nicht in eine der vornehmen aristokratischen und großbürgerlichen Sommerfrischen auf den Ritten, das hätte er sich nicht leisten können, sondern nach Jenesien, 1000 Meter Seehöhe, 700 Meter Höhenunterschied zu Bozen. Dort mietete er für den Sommer ein Zimmer beim *Treindler-Bauern*. So auch im Sommer 1939. (Ich war vor Jahren dort. Ich hatte es recht in Erinnerung: ein windschiefes, verwahrlostes Anwesen.) Mein Vater war Buchhalter. Sein Geiz scheint ziemlich ausgeprägt gewesen sein zu. Er überlegte: da man im Herbst 1939 heim ins Reich zum Führer ziehen wolle, könne man ja die Wohnung in Bozen aufgeben, die Familie könne die drei, vier Wochen länger oben beim Treindler bleiben, von dort aus gleich nach München übersiedeln. So spart man die Miete für die Stadtwohnung für einige Monate. Meiner Mutter war es recht. (Sie erzählte: es sei ihr in den ersten Jahren ihrer Ehe immer alles recht gewesen, was ihr Mann gesagt habe. Erst im Krieg, als er weg war, sie mit den – dann drei – Kindern auf sich allein gestellt, habe sie eigene Meinungen zu entwickeln begonnen. Mein Vater habe das in seinen Urlauben mit Befremden festgestellt.)

So wurde also die Wohnung herunten gekündigt. (Am Wochenende kam mein Vater zu uns herauf, unter der Woche schlief er bei seinen Eltern in der Erbsengasse. Platz genug war in der alten, riesigen Wohnung.) Aber wohin mit den Möbeln? An den Garten der Villa Egger stieß hinten der große Park eines schloßartigen Ansitzes, der Gerstburg. Die Gerstburg, ein mittelalterlicher Bau, stand so gut wie leer. Mein Vater kannte den Eigentümer, einen Baron von Hingerl (oder so ähnlich), und mietete für zwei Monate den großen Saal der Burg. Der Rittersaal war viermal so groß wie unsere Wohnung. Die Möbel hatten leicht Platz. Die Miete: ein paar Lire, nicht der Rede wert. Den Transport der Möbel von der Villa Egger in die Gerstburg bewerkstelligte mein Vater – aus Geiz – eigenhändig und mit Hilfe seiner befreundeten Bergfexen. Statt auf Berggipfel zu klettern, trugen sie ein paar Wochenenden lang Möbel. Mit Einverständnis des Dr. Egger – eines Bozner Advokaten, dem die Villa gehörte – wurde hinten im Garten der Zaun auf zwei Meter niedergelegt. Betten, Stühle, Schränke, alles wurde durch den Garten nach hinten und dann durch den Park in den Rittersaal der Gerstburg getragen. Es war natürlich eine große Gaudi, und ganz trocken blieb die Sache wohl auch nicht. Den Wein für die Bergfexen mußte natürlich mein Vater spendieren, aber gemessen an dem, was eine Spedition verlangt hätte, waren diese Kosten zu vernachlässigen.
Der Rittersaal war, wie gesagt, größer als die ganze Wohnung. Mein Vater kam auf die Idee – ein spielerischer Zug, also höherer Sinn muß doch in ihm gewohnt haben –, die

Möbel in dem Saal genau so anzuordnen, wie sie vorher in der Wohnung gestanden hatten, als Modell – sozusagen – der Wohnung im Maßstab 1:1, nur ohne Wände. Ab und zu besuchten wir unseren Vater, der, nach dem Umzug, dort auch schlief, und ich erinnere mich ganz genau, daß er mich, wie ich von da nach dort gehen wollte, scherzhaft warnte: Vorsicht! da ist doch die Wand! – hier ist die Tür. Ich begriff vollkommen.
Nicht aber genug damit, traten weitere Komplikationen ein. Wie das genau war, weiß ich nicht mehr, habe es wohl nie gewußt. Es verzögerte sich der Termin des Umzugs nach München, gleichzeitig lief der mit dem Eigentümer der Gerstburg vereinbarte Miettermin ab. Aus irgendwelchen Gründen konnte oder wollte mein Vater nicht verlängern. Der ursprüngliche Plan, daß von der Gerstburg aus die Möbel – dann wohl doch durch eine Spedition – nach München verbracht werden sollten, zerschlug sich. Es mußte eine weitere Zwischenlagerung gesucht werden. Meine Mutter und wir Kinder wohnten, wie gesagt, beim Treindler-Bauern in Jenesien. Zwischen Bozen und Jenesien verkehrte eine Seilbahn. Sonst war das Dorf dort oben (damals: heute ist eine brutale Betonstraße in die Bergflanke geschnitten) nur über schmale, steile Saumpfade zu erreichen. Der Treindler-Bauer hatte einen geräumigen Stadel. Das Winterfutter war noch nicht eingefahren. »Woll, woll«, sagte der Treindler, man könne die Möbel schon einstellen dort. Glücklicherweise – schien es, später aber fatal – arbeitete ein Vetter meines Vaters von seiner Mutterseite her, ein verrückter Tschnett aus dem Oberen Vinschgau, als Kondukteur bei der Jenesinger Seilbahn. Der wußte, daß vorschriftsgemäß immer in der Früh vor der ersten regulären Gondel eine Gondel ohne Passa-

giere probeweise hinaufgelassen werden mußte. »Können mir schon machen«, sagte der Vetter (Hans hieß er). Die Talstation der Jenesinger Seilbahn war nicht weit weg von der Gerstburg, jenseits der Talfer. So traten die befreundeten Bergfexen aufs neue in Tätigkeit. Sie schleppten abends Kisten und Kasten aus der Gerstburg über die Brücke und zur Talstation, wo der gutmütige Vetter einen unbenutzten Raum zuwies, in dem das Mobiliar über Nacht wartete und dann am nächsten Morgen in aller Früh vom Vetter und seinen Kondukteurs-Kollegen in die erste Probe-Gondel geschoben wurde, unter Überwindung von 700 Metern Höhenunterschied hinauf nach Jenesien schaukelte, dort vom Personal der Bergstation herausgehievt und wieder abgestellt wurde, worauf im Lauf des Tages der Treindler-Bauer mit dem Fuhrwerk vorbeikam, die Portion auflud und in seine Scheune einfuhr. Er kam sowieso jeden Tag an die Bergstation, weil er dort die Milch für die Stadt ablieferte. Alles gutmütige, hilfswillige Menschen; aber ein Trinkgeld wurde doch erwartet: entweder in bar oder in Naturalien.

Schon nach wenigen Tagen errechnete mein Vater, daß diese Trinkgelder das zu übersteigen begannen, was eine Lagerung in einer Spedition gekostet hätte. Er errechnete aber auch, daß ein Abbruch der Aktion noch teurer gewesen wäre, weil ja dann die bereits getätigten Investitionen verloren wären. Meine Mutter behauptete, mein Vater habe damals – mit 29 Jahren – die ersten grauen Haare bekommen.

Nun ergab es sich aber, daß die Übersiedlung nach München doch früher vonstatten gehen solle. Der helle Wahnsinn brach aus. Den komplizierten Mechanismus, an dem bereits eine nur noch schwer überblickbare Menge Leute mitwirkten, zu stoppen oder gar umzudrehen, war nicht mehr möglich. Befehle in dieser Richtung erzielten heilloses Durcheinander. Während noch unten Bergfexen Möbel aus der Gerstburg zur Talstation schleppten, transportierte oben der Treindler schon wieder *aus* dem Stadel zur Bergstation, mußte aber, weil sonst Überquellung eingetreten wäre, immer noch anlangendes Mobiliar wieder mitnehmen. Unten wurde verladen, zum Bahnhof gefahren. Die Organisation entglitt dem Lenkbaren. Mein Vater rannte hin und her. Eigensinnige Bergfexen schleppten, einmaligem Befehl gehorchend, in eingeschliffener Bahn weiter. Vetter Hans Tschenett kannte sich überhaupt nicht mehr aus. Man muß bei all dem auch bedenken, daß der Verstand der Tiroler im allgemeinen nicht von der schnell beweglichen Sorte ist. Daß inzwischen, am 1. September 1939, der Krieg ausgebrochen war, registrierten meine Eltern in dem ganzen Durcheinander nur am Rande. Als meine Mutter dann schon mit uns Kindern unterwegs nach München war, schwebten immer noch Möbelstücke mit der Jenesinger Seilbahn hinauf und hinunter, wobei erschwerend hinzukam, daß mein Vater die Sache sich selber überlassen mußte, weil er zum Militär eingezogen wurde. Wahrscheinlich, wenn man sich die Mühe macht, heute einmal in der Früh um fünf Uhr aufzustehen und zur Jenesingerbahn-Talstation zu gehen, würde man sehen, wie ein gähnender Kondukteur ein Nachtkästchen in die Probegondel schiebt, mit der es dann nach oben entschwindet … und wenn man den Kondukteur fragt, warum er das tue, wird er antworten: ich weiß es nicht, das machen wir seit unvordenklichen Zeiten so.

Die Klasse 4a der Hauptschule Kitzbühel.
Schuljahr 1947/48.
H.R.: 2. Reihe 4. v. l.

»Idyll« (ca. 1957)

Zweites Intermezzo

Verlorene Wege

Es war keine lange Zeit, objektiv betrachtet, die ich in Kitzbühel bei meinen Großeltern verbrachte: ich war acht und ein halbes Jahr, als ich – getrennt von meiner Mutter und von meinen Geschwistern – wegen des Krieges nach Kitzbühel kam, und ich war gut vierzehn Jahre alt, als ich wieder nach München fuhr, um in die Oberschule zu gehen, das Abitur zu machen, Universität, Staatsexamen. Fünf tiefe, stille, schneeverborgene, heimelige Winter, fünf heiße, blaue, über glitzernde Moore und hohe Nadelwälder äthersummende Sommer und viermal den unbeschreiblichen, ganz unbegreiflichen, in seinen Farben so erlesenen, von Heuduft durchwehten Herbst, voll flimmernder, flammenfarbener Birken im goldenen Riedgras der hohen Moore habe ich dort gelebt. Jetzt, wo das Leben wie ein reißendes Wasser von einer schwarzen Klippe immer schneller zur nächsten hinunterstürzt, jetzt erscheint mir die Zahl dieser Jahre wie nichts. Obwohl es sicher viel Regen und Sturm gegeben hat, zeigen sich diese Jahre wie eine Kette von goldenen, sonnenüberstrahlten Tagen, ohne Anfang und ohne Ende, ohne Angst und ohne Sorgen: meine Jugend. Und genau so wenig, wie sie wiederzuerlangen ist, ist der Ort wiederbringlich: Kitzbühel in der Gestalt, die es damals hatte, und von dem ich heute weiß, daß es meine verlorene Heimat ist. Ich kann mich erinnern, daß wir einmal einen Aufsatz in der Schule zu schreiben hatten: »Mein Schulweg«. Ich weiß natürlich nicht mehr, was ich damals geschrieben habe, aber es reizt mich heute, meinen täglichen Schulweg zu beschreiben, für den – eine Entfernung von zehn Minuten in Wirklichkeit – eine abgezirkelte halbe Stunde von meinen Großeltern festgesetzt worden war, wohlgemerkt, für den Weg *in* die Schule; für den Weg *von* der Schule dürften oft zwei Stunden zu wenig gewesen sein.

Die ersten drei Viertel des Weges bildete die Hauptstraße, die – von St. Johann her kommend, durch Kitzbühel hindurch, hier die Geschäftsstraße, die Lebenslinie bildete, und nach Jochberg weiterführte – Bahnhofstraße hieß, wechselnd auch Joseph-Pirchl- oder Adolf-Hitler-Straße. Ohne jede Gefahr für Kinder, weil ein Auto zur damaligen Zeit eine Sehenswürdigkeit gewesen ist, konnten wir diese Hauptstraße, eine asphaltierte, leicht gewölbte Straße ohne Trottoir oder ähnliches, hinaufmarschieren wie auf einem Dorfweg.

Der erste bemerkenswerte Punkt war, schräg gegenüber dem Haus meiner Großeltern, das Zimmermann-Haus. Damals selbstverständlich, erscheint es mir heute ein Rätsel, was für eine Menge von Leuten in diesem kleinen Haus gewohnt haben. Das Haus ist würfelig gebaut, mit einer gleichmäßigen Pyramide als Dach, im Parterre und im ersten Stock auf jeder Seite (bis auf die Hinterseite, die sich an den bewaldeten Abhang dahinter anlehnte) befanden sich fünf Fenster. Statt des vorderen, unteren mittleren Fensters gab es eine Tür. Mindestens dreißig Personen wohnten – wenn ich heute nachrechne – in diesem Haus. Gravierenden Eindruck hinterließen auf mich zwei Familien, weil je eines ihrer Mitglieder mit mir in die Schule ging, ihr Schulweg also an dieser Stelle in den meinen einmündete: der Zimmermann Seppi und der Opperer Engelbert. Der Opperer Engelbert hatte seinen Vornamen, der in der Gegend von Kitzbühel völlig ungewöhnlich ist, weil er am 25. Juli 1934 geboren war, an dem Tag, als der österreichische Bundeskanzler Engelbert Dollfuß von Naziputschisten ermordet wurde. Seine – des Opperer Engelbert – Familie war relativ klein: sie bestand aus Eltern, zwei Kindern und einer Großmutter, während die Angehörigen des Zimmermann Seppi, die in dem Haus wohnten, bereits eine weitverzweigte Sippe waren. Über diese Sippe herrschte als Patriarch Seppis Vater, ein alter, mürrischer und finsterer Mann, der viele Kinder gezeugt hatte, ganz zuletzt und wesentlich jünger als alle anderen, die bereits selber wieder viele Kinder hatten, jenen Seppi, der mit mir in die Schule ging. Der alte Patriarch Zimmermann war der Sproß einer herabgekommenen Bürgersfamilie, der einstmals die ganze Gegend weit um das jetzige Zimmermann-Haus gehört hatte, und deren »ländliche Lust-Villa« dieses Haus gewesen war. Der Zimmermann-Vater selber hat diese Glanzzeiten schon nicht mehr miterlebt. Er war in einen riesigen, katastrophalen Konkurs hineingeboren worden (über dessen Ursachen – so gewaltig muß er gewesen sein – noch zu meiner Zeit allerlei gemunkelt wurde), und aus diesem Konkurs erbte der unglückliche Sproß nichts als das Zimmermann-Haus und den Wald am Abhang dahinter. Der Zimmermann-Vater war Bundesbahn-Oberbauarbeiter (das heißt: er arbeitete am Oberbau, also an Schienen, Schotter und Schwellen der Bahn; ich glaubte allerdings mit Respekt, das »Ober« bezeichnete eine höhere, ja, hohe Stufe der bloßen Bahnarbeiter-Laufbahn), und manchmal, wenn ich mit meinen Großeltern spazieren gehen mußte, und wir

an die Bahn kamen, und es arbeiteten dort einige Leute, deutete mein Großvater auf einen unter ihnen, auf einen finsteren Mann mit schwarzem Hut und sagte: »Das ist der alte Zimmermann.« Dennoch beharrte ich auf dem Glauben von seiner dominierenden Stellung im Eisenbahngeschehen als Oberbauarbeiter. Seine Frau, eine kleine, dünne Person mit ganz besonders freundlichen Augen (die selbst mir gegenüber bescheiden war – sie half eine Zeitlang im Haus meiner Großeltern in der Küche aus), war der erste Leichnam, den ich in meinem Leben gesehen habe. Ich wehrte mich sehr dagegen, sie als Tote zu sehen, aber meine Großmutter nahm mich dennoch mit in die Leichenhalle, wo die Zimmermann-Mutter unter einem Berg von Kränzen und Blumen aufgebahrt lag. An diesem Berg konnte man plötzlich auch ermessen, wie beliebt und geachtet die bescheidene, abgearbeitete, aber dennoch freundliche alte Frau in der ganzen Nachbarschaft gewesen war, sie, deren Existenz bei ihren Lebzeiten kaum aufgefallen war.
Außer der Zimmermann-Sippe und der Familie Opperer waren eine Reihe – drei mindestens wüßte ich noch aufzuzählen – anderer Familien in das kleine Haus gepfercht (was aber noch nicht genug war: zeitweise hielt eine der Familien auch eine Kuh in der Wohnung), die aber weniger in meinen Gesichtskreis traten, weil ihre Kinder kleiner waren und nicht in meine Klasse gingen.
Der Zimmermann Seppi hatte eine mächtige Stellung innerhalb der Jugend in diesem Bereich der Stadt, erstens, weil er ein paar Mal in der Schule sitzengeblieben und dem zu Folge älter und stärker war als die meisten, und zweitens, weil er uns, also der Jugend gegenüber, als Eigentümer des Waldes galt, der seinem Vater gehörte und wel-

cher Wald unsere hauptsächlichen Jagdgründe – im indianischen Sinn – bildete. Das Haupt des Knaben-Clans aber war ein anderer, der Aufschnaiter Helmut, von dem weiter unten die Rede sein soll. Zimmermann Seppi verlor allerdings an Bindungen zu uns, als die meisten anderen in die Hauptschule kamen, er in der Volksschule blieb und später in die Lehre geschickt wurde. Auch erwuchs ihm gegen Kriegsende ein Rivale an körperlicher Kraft in der schillernden Persönlichkeit des Hochmeier Günther.

Hochmeier Günther, »Tschick« genannt, kam aus Wien. Er wohnte ziemlich weit außerhalb der Stadt, die Landstraße hinunter, an der »Schwarzen Brücke«, wo sein Vater eine Fabrik in einer alten Mühle – bescheidenes Extrakt eines Wiener Betriebes, der hierher gerettet wurde – einrichtete. Tschick war bei den Lehrern wegen seiner maßlosen Ungezogenheit sehr unbeliebt. Er kultivierte zum Beispiel Rotzglocken-Schwingen und -Schleudern, außerdem spuckte er von der hintersten Reihe, wo er seiner Größe wegen saß, während des Unterrichts bis auf die Tafel. Auch bereicherte er unseren Wortschatz durch wienerische Ausdrücke; so sagte er – und bald taten es ihm alle nach – statt spucken »schlatzen« (die mildtätige Schweizer Schulspeisung bezeichnete er, nachdem er einmal im Unterricht zugehört hatte, als der Lehrer erklärte, alles in der Welt wäre aus Urschleim entstanden, als »Urschlatz«) und sagte »tschicken« statt rauchen; daher rührte auch sein Spitzname, denn er rauchte bereits, heimlich, versteht sich.

Tschicks Schulweg hätte sich in seinem letzten Teil mit unserem gedeckt. Aber wegen der großen Entfernung fuhr er mit einem Fahrrad in die Schule, so lange allerdings nur, bis er auf einem Abstecher zu den Bahnanlagen aus Un-

vorsichtigkeit und Waghalsigkeit mit einem Güterwagen zusammenstieß. Es schadete ihm nichts, nur seine Nase war seitdem groß und flach und immer rot und blau irisierend wie eine hochgradige Säufernase. Seitdem – das Fahrrad war ihm möglicherweise von seinen Eltern verboten worden – fuhr er mit großer Selbstverständlichkeit auf Rollschuhen in die Schule. Tschick war nicht böse aus Prinzip, eher von unglücklichen Anlagen her, was er selber auch wußte. Mir gegenüber war er, der Ungebärdige, Unbändige, immer scheu und sogar anhänglich, sofern niemand anderer dabei war. Er hörte mir oft und lange zu, wenn ich ihm Geschichten erzählte, die ich gelesen hatte – er selber las nie. Als er wieder nach Wien fuhr, schenkte er mir ein Buch, eine volkstümliche Ausgabe der *Griechischen Sagen* von Schwab, das er mir vorher geliehen hatte, damit ich es lese, um ihm dann die Geschichten zu erzählen. Ich habe das Buch heute noch.
Manchmal äußerten sich bei Tschick unvermittelt Ansätze zum Guten und Braven, die ihm dann aber in der Regel üble Früchte trugen. So folgender Fall: wir Schüler wurden streng angehalten, am Sonntag in die Kirche zu gehen. Um nachprüfen zu können, ob wir dort waren oder nicht, fragte der Religionslehrer stichprobenartig am Montag in der Religionsstunde nach dem Thema der Predigt oder danach, wer die Messe gelesen hatte. Es kamen drei Priester in Betracht: der Religionslehrer selber und der Kooperator Stieglitz, ein anderer Kooperator, den wir, weil er klein und dick war, Mopsl nannten. Der Pfarrer selbst las stets das Hochamt, nicht den Schulgottesdienst.
Es versteht sich, daß Tschick kaum jemals in die Kirche ging. Einmal aber – wir anderen trauten unseren Augen nicht – erschien auf dem Weg in die Kirche, im feinen

Überzieher, zu Fuß (ohne Rollschuhe), stolz auf die Selbstverständlichkeit, mit der er dies tat: Hochmeier Tschick, der offenbar heute gut sein wollte. Am nächsten Tag wurde tatsächlich als erster *er* vom Religionslehrer gefragt, ob er in der Kirche war. »Ja«. Wer hat die Messe gelesen? Tschick antwortete – richtig –: »Der Mopsl.« Er kannte ihn nur unter diesem Namen.
Tschick bekam wieder eine Direktoratsstrafe, eine schlechte Note, eine Strafpredigt, ein Fingertatzerl und so fort. Allerdings – so sickerte es langsam durch – wurde der betreffende Kooperator von da ab auch im Kreis seiner Amtsbrüder Mopsl genannt.

*

Gegenüber dem Zimmermann-Haus, also wieder auf der Seite unseres Hauses, stand ein altes Elektrizitätswerk, das das große »Hotel Tiefenbrunner« in der Stadt für den eigenen Strombedarf gebaut hatte. Dieses Elektrizitätswerk betrieb der Knieschieber-Toni. (Der Spitzname war auf seinen eigenartigen Gang zurückzuführen.) Er wohnte dort in einem langgestreckten Bau, der auf drei Seiten vom Wasser umflossen war, in einem finsteren Loch. Manchmal kam er untertags heraus, um auf einem der Brückchen und Stege, die die zahlreichen Kaskaden und Wasserabzweigungen über das dunkle und moosige Holz trennten, etwas zu regulieren. Einmal, es war Winter, warf ihm der Zimmermann Seppi bei einer solchen Gelegenheit einen Schneeball zielsicher direkt vor die Brust. Ich erinnere mich, wie der Knieschieber-Toni wie ein verwundetes Tier aufbrüllte, in sein Haus rannte, auf der anderen Seite wieder hervorkam – wir waren längst fort und beobachteten vom sicheren Wald aus ohne Respekt den armen Mann – und uns in seiner Hilflosigkeit mit stammelnden Lauten und ungelenken Fäusten drohte.

Wieder auf der anderen Seite der Straße kam dann das Bertelbauer-Haus. Dort ereignete sich ein Vorfall, der wie ein Bauernschwank erscheint. In dem Haus war das jeweilige Dienstmädchen der Familie Brugger untergebracht (diese selber – auch deren Sohn Fritz ging mit mir in die Schule – wohnte gegenüber). Auf eines der Dienstmädchen hatte ein junger Bursche namens Wander »ein Auge geworfen«. Wander war eine von uns, selbst von Zimmermann Seppi und Tschick, gefürchtete Persönlichkeit. Er war viel älter als wir, arbeitete irgendwo in der Stadt und ging mit einem oder mehreren seiner Freunde am Abend immer hinaus in das minderwertige Viertel, das zwischen dem Ende der Stadt und der erwähnten Schwarzer-Brücke lag. Sei es, daß er wirklich von Natur aus jähzornig und gewalttätig war, sei es, daß wir ihn reizten, sei es, daß uns das alles auch nur in unserer Angst so erschien: wir grüßten ihn höflich, wenn er in unsere Nähe kam, wie einen wirklichen Erwachsenen. Wenn wir aber in sicherer Entfernung waren, riefen wir ihm »Wander-Ratz«, das ist Wanderratte, zu, was ihn in so gewaltigen und schäumenden Zorn versetzte, daß er, wäre ihm einer von uns in dem Augenblick in die Hände gekommen, ihn zerrissen hätte (vielleicht, wie gesagt, schien es uns auch nur in unserem Respekt so zu sein). Da wir ihm aber immer nur aus sicherem, aus ganz, ganz sicherem Lager »Wander-Ratz« zuzurufen wagten, kann ich mich nicht darauf besinnen, daß er jemals einen von uns erwischt hätte. Spätere Rache kannte er nicht, weil er seinen Zorn offenbar schnell wieder vergaß.

Dieser Wander also hatte es auf eine der Bruggerschen Dienstmädchen abgesehen, das im Bertelbauer-Haus wohnte. Ich muß angesichts der Groteske der Situation ausdrücklich versichern, daß ich sie nicht erfunden habe. Wander wollte, was in Kitzbühel durchaus noch der Brauch ist, denn auch bei diesem Dienstmädchen fensterln. Er kam demnach einmal in der Nacht mit einer Leiter, legte sie an den Balkon des Bertelbauer-Hauses, stieg hinauf, auch in das Fenster hinein, dahinter – seiner Meinung nach – das Dienstmädchen schlief. Entweder hatte er sich geirrt oder er war von vornherein mit der Örtlichkeit nicht zureichend vertraut gewesen: in dem Zimmer schlief die alte, etwa achtzigjährige Bertelbauer-Mutter. Jenseits von Gut und Bös in ihrem Alter, konnte die Bertelbauer-Mutter am nächsten Tag in aller Genauigkeit erzählen, daß Wander sofort vom Fenster aus ohne alle Umstände in ihr Bett gesprungen und unter die Decke gekrochen ist. Dadurch aber eindeutig über die Absichten des Einbrechers orientiert und somit ermutigt, ergriff die Bertelbauer-Mutter ihre Krücke und schlug dem vor Schrecken vermutlich schon durch den Anblick gelähmten Wander kräftig über den Schädel. Etwas erholt, hüpfte dann Wander wieder aus dem Fenster auf den Balkon hinaus, die Bertelbauer-Großmutter trotz Alter und Gebrechlichkeit hinterher. (Das mag erfunden sein, allerdings nicht von mir.) Wander nahm sich nicht die Zeit, die Leiter hinunterzusteigen, sondern sprang vom Balkon auf die Straße und brach sich dabei beide Beine. Unter Zurücklassung der Leiter entfloh er dann – mit zwei gebrochenen Beinen – auf dem Fahrrad hinaus und heim ins Karner-Viertel. Durch die Leiter und dadurch, daß er am nächsten Tag ins Spital eingeliefert worden ist, konnte er mit dem nächtlichen Fensterler – »Gassler« hieß es in Kitzbühel – identifiziert werden. Für seine unglaubliche körperliche Konstitution spricht nicht nur die Tatsache, daß er mit zwei gebrochenen Beinen noch Fahrrad fahren konnte, sondern auch, daß diese Vernachlässigung seiner Brüche nach deren Ausheilen keinerlei weiteren Schaden hinterließ. Nachdem er wieder aus dem Spital entlassen worden war, ging er – wie vorher auch – jeden Abend mit einem oder mehreren seiner Freunde, breitspurig, in der Mitte der Straße auf und ab, dreist wie ein Zwingvogt.

Auf der anderen Straßenseite, gegenüber dem Bertelbauer-Haus, stand – wie erwähnt – das Haus der Familie Brugger. Der Sohn des Hauses, der Brugger Fritz, war ein schwächliches Kind, für das ich aber eine Vorliebe hatte, weil er, im Gegensatz zu allen anderen, immer sauber gewaschen war. Im Parterre dieses Hauses, das eher eine kleine Villa war, wohnte die Familie Schinagl. Ich verkehrte erst viel, viel später dort im Elternhaus meines alten Freundes Helmut Schinagl. Damals ging Helmut Schinagl in Kufstein aufs Gymnasium, war außerdem einige Jahre älter als wir und trat nur einmal für kurze Zeit in meine Aufmerksamkeit, als die Rede ging, der Schinagl-Bub wollte Priester werden. Der alte Schinagl, er hieß Julius, betrieb in der Stadt oben ein Lebensmittelgeschäft. Es hieß, daß es Kämpfe in der Familie gegeben habe: der einzige Sohn habe sich geweigert, den Beruf des Feinkosthändlers zu ergreifen, und wolle studieren. Das habe der Vater für Firlefanz gehalten, worauf der Sohn aus Trotz den Wunsch geäußert habe, Priester werden zu wollen. So einem gottgefälligen Wunsch kann sich in Tirol auch der hartherzigste und engstirnigste Feinkosthändler nicht widersetzen, ohne daß ihn sofort der Blitz trifft.

Es sei nicht ganz so gewesen, erzählte mir Helmut Schinagl später, der dann doch lieber Germanistik studierte und einer der profiliertesten Schriftsteller Tirols geworden ist.

*

Wiederum auf der anderen Straßenseite, neben und zum Teil hinter dem Bertelbauer-Haus, befand sich das Haus des Herrn Abendstein. Er war ein kleiner, runder, alter Mann und hatte eine große, runde, alte Frau. Sein Haus ist mit viel Bändern, Supraporten und Balkonen verziert und hatte einen Erker, der in ein Türmchen auslief, auf dem zwei schmiedeeiserne Wetterfahnen steckten. Unten im Haus war der Laden des Herrn Abendstein: eine Art Fahrradhandlung; aber er verkaufte nichts, hatte es auch gar nicht nötig, wie mein Großvater sagte, weil er sehr reich war. Er oder sein Vater hatte seinerzeit einen großen Teil des Zimmermann-Besitzes an sich gebracht. Außerdem lebte er sehr sparsam, um nicht zu sagen geizig. Werktags war er nur in einem alten Monteuranzug und in einer schmierigen Schildmütze zu sehen. Er lief beständig in großer Eile umher und verlangte zum Beispiel – was mein Großvater besonders schofel fand – dafür, daß er (eigenhändig! Gehilfen hatte und wollte er keine) einen Fahrradreifen aufpumpte, zehn Groschen. Am Sonntag trug er stets den gleichen altmodischen, abgetragenen schwarzen Anzug und, was mich an ihm ganz besonders faszinierte, Knopfgamaschen.
In seinen verstaubten, finsteren und halbblinden Auslagen lag allerhand Fahrradzubehör und standen pappendeckelne Reklametafeln von Firmen, die niemand mehr

kannte. Ich weiß keinen Fall, daß diese Ausstellungsstücke einmal gewechselt worden wären.
Herr Abendstein (Alois war er getauft) war trotz des Anscheins, den ihm dieser Name verlieh, kein Jude. Wohl um dies unter Beweis zu stellen, war er, nach Erbringen eines hieb- und stichfesten Ariernachweises, besonders rührig in der Nazi-Partei. Später, nach dem Umbruch, hatte er viel darunter zu leiden, wäre wohl gern auf einmal doch Jude gewesen. Noch mehr aber hatte er unter uns zu leiden, wenigstens zu gewissen Zeiten, nämlich dann, wenn die ersten Äpfel gereift waren. Ihm gehörten zahlreiche Apfelbäume, die aber sehr verstreut standen und das Ziel für die in der männlichen Jugend als hervorragendes Kavaliersdelikt ästimierten Äpfelraubzüge waren. Abendstein verbrachte deswegen oft Tage mit Lauern auf die Diebe seiner Äpfel. Durch raffinierte Scheindiebstähle abgelenkt, merkte er meist zu spät, wo wir wirklich Beute machten. Manchmal allerdings überlistete er uns, und dann muß es für alle Nachbarn ein unsagbares Bild gewesen sein, den kleinen, alten, runden Abendstein in seinem Monteuranzug, eine Fahrradpumpe als Waffe in der Hand, schimpfend einem aus einer auseinanderstiebenden Kinderschar nachlaufen zu sehen. Uns entging selbstverständlich die Komik dieser Situation, weil wir ja auf unsere Flucht bedacht sein mußten. Da Abendstein – im Gegensatz zum Wander – mit bösartiger Konsequenz wie ein Spürhund seine Opfer verfolgte, mußten wir uns oft genug verstecken; einmal, erinnere ich mich, verbarg ich mich mit einem Knaben aus dem Zimmermann-Haus in der Kohlenkiste der Familie Opperer.
Ich hatte für meine Person jede Gunst Abendsteins frühzeitig verscherzt, und zwar deshalb, weil mich mein

Großvater in eine heikle Situation drängte. Im Haus Abendsteins wohnte eine Familie mit einem Hund, für welche Tierart mein Großvater seit eh und je eine große Vorliebe hegte. Gegen den Protest meiner Großmutter, die vermutlich erkannte, daß dies gar nicht im Sinn der Hundebesitzer lag, sammelte mein Großvater geeignet erscheinende Speisereste, die er in eine Zeitung wickelte und dann, einmal in der Woche etwa, dem Hund im Abendstein-Haus gab. Einmal übertrug mein Großvater mir die Aufgabe, diese wöchentliche Ration dem Hund im Vorbeigehen zu bringen. Zu stolz, um zu sagen, daß ich mich vor dem Hund fürchte, und auf den Ausweg nicht bedacht, daß ich das Paket ja einfach wegwerfen könne, warf ich – der Hund, der die Ration ohne Zweifel bereits erwartete, rannte mir lauthals bellend entgegen – das Paket von der Straße aus in hohem Bogen dem Hund entgegen, der aus der seitlich weiter hinter gelegenen Tür zum Haus und Laden des Herrn Abendstein gekommen war, aus derselben Tür, aus der just in dem Moment Herr Abendstein trat, als sich das Paket im Fluge auflöste. Alte Knochen, faule Kartoffeln, Sardinenbüchsen zum Ausschlekken, Nudel-, Reis- und sonstige Küchenreste schwirrten fächerförmig auf Herrn Abendstein zu, prallten an der Wand seines Hauses ab, trafen ihn sogar von hinten. Umsprungen von dem Hund, der seine Leckerbissen so serviert zu bekommen nicht gewohnt war, und wohl hier einen Knochen von der Schulter, dort eine Wursthaut vom Ohr des Herrn Abendstein herunterzuretten trachtete, schickte sich dieser unverzüglich zur Verfolgung an. Es dürfte dies wohl einer der seltenen Fälle gewesen sein, wo ich zu früh in die Schule gekommen bin.

Angebaut ans Haus von Herrn Abendstein, langgestreckt

Auch 1946 konnte man Urlaub machen, allerdings nur in St. Jakob am Villersee (mit den Großeltern)

und aus Holz und hingezogen bis hinters erwähnte Anwesen Bertelbauer, war die Strickerei der Frau Aufschnaiter. Frau Aufschnaiter hieß allerdings nicht Aufschnaiter, sondern irgendwie anders nach einem kleinen Mann, der Weichensteller war und den sie, sei es in zweiter Ehe, sei es unter Einbringen eines unehelichen Sohnes in diese Ehe, geheiratet hatte. Einmal das rein körperliche Gewichtsverhältnis zwischen den Ehegatten (sie war groß, resolut und dick, er – wie erwähnt – ein schmaler Weichensteller) und das andere Mal der Sohn der Frau »Aufschnaiter«, der Aufschnaiter Helmut, der der vörderstlaute in der ganzen Straße war, bewirkten, daß niemand dem Namen des armen kleinen Weichenstellers irgendeine Bedeutung zumaß, und da auch die Strickerei der Frau Aufschnaiter noch vor ihrer Verehelichung gegründet war, hieß auch diese Firma Aufschnaiter (es gab sogar, an sehr versteckter Stelle hinten hinaus, ein Firmenschild), wurde die Frau nicht nur nicht nach ihrem Mann, sondern sogar letzten Endes er »Herr Aufschnaiter« genannt. Es kümmerte ihn nicht. Jeden Tag, oft – wenn es der Dienst erheischte, auch sonntags – ging er, einen Stoß Butterbrote in einer Zellophan-Tüte unterm Arm zum Bahnhof hinunter und stellte die Weichen für die Züge von Hopfgarten nach Fieberbrunn oder von Saalfelden nach Wörgl.
Bedeutung für mich hatte der Sohn, der Aufschnaiter Helmut. Er war nicht nur das frechste, er war auch das älteste »Kind« in diesem Teil der Stadt. Es war zufällig wohl so gewesen, daß einige Jahre vor ihm hier niemand zur Welt gekommen war, so daß damals, in den Jahren, die mich dort gesehen haben, die dem Aufschnaiter Helmut nächstälteren bereits erwachsen waren. Aber nicht nur der Umstand, daß er etwas älter war als wir anderen alle, sondern

vor allem, daß er keine Autorität zu kennen schien, machte ihn zwangsläufig zu unserem Anführer. Wir mußten alle einmal mitansehen, wie der alte Zimmermann dem sonst so starken Zimmermann Seppi eine Ohrfeige gab, und wir hörten hie und da das Schreien des Opperer Engelbert aus den oberen Fenstern des Zimmermann-Hauses dringen, und auch ich war der zwar sanften, aber deutlichen Obrigkeit meiner Großeltern unterworfen, was sich etwa in dem Vorgang manifestierte, der sich – die Nachbarn hätten die Uhr danach richten können – Punkt vier Uhr jeden Tag abspielte (es muß ein Bild von umwerfender Feierlichkeit gewesen sein): ein alter Mann mit einem mächtigen grauen Schnurrbart trat ernst auf den Balkon des ersten Stockes in dem größten Haus in der Straße, klatschte drei- oder viermal ebenfalls sehr ernst in seine großen Hände und wartete einen Moment; dann löste sich von irgendeiner Stelle des finsteren Waldrandes die Gestalt eines kleinen Buben und raste über die Straße in das große Haus hinein, worauf der alte Mann oben, immer noch ernst, wieder vom Balkon verschwand ... jeden Tag, es muß wie ein Figuren-Glockenspiel gewirkt haben. Es war nämlich so, daß um vier Uhr die Marend bereitet und auf dem Tisch war und mein Großvater von meiner Großmutter auf den Balkon hinausgeschickt wurde, um mir durch das Klatschen das Signal dafür zu geben. Mein Großvater konnte so laut klatschen, daß man es überall im Revier hörte. Waren wir noch weiter weg ... dann spielte sich eine Variante des Figurenspiels ab: es kam auch meine Großmutter mit auf den Balkon und klatschte mit, abwechselnd mit meinem Großvater, dann gemeinsam mit ihm, und endlich hätte ein Beobachter erstaunt das Schauspiel wahrnehmen können, zwei gesetzte alte Leute, zornrot vom Balkon herunter: »He–rbe–rt, He–rbe–rt!« in den stillen Nachmittag schreien zu hören. War es dann auch zu meinen Ohren gedrungen, verwandelte sich im Augenblick der stolze Sioux Falkenauge in den kleinen Rosendorfer und rannte so schnell wie möglich über Wurzeln und Bäche und Wege und Strünke zur Marend. Somit war auch ich, wie alle, einer erzieherischen Autorität sichtbar unterworfen, wie alle ... bis auf einen: Aufschnaiter Helmut. Er ließ sich von seiner Mutter (der Vater oder vielmehr Stiefvater kam ohnedies nicht in Frage) nichts sagen. Wir konnten es sehen, wie er Befehlen seiner Mutter höhnisch spottete; wenn sie drohte, wenn sie flehte, da lachte er nur. Wir sahen es mit unfaßbarem Erstaunen, und wir bewunderten ihn grenzenlos. Er, so war es uns klar, konnte keine Schwäche haben, *er* fürchtete niemand. So war er stets der Kommandant der winterlichen Schneeburgen, stets der Fahrdienstleiter der Spielzeugeisenbahnen, stets der Häuptling der Indianerstämme. Ich allein versuchte manchmal, mich seiner Obödienz zu entziehen, erklärte mich selbst zum Fahrdienstleiter oder zum Häuptling. Ich hatte allerdings selbstverständlich nicht den geringsten Anhang bei den anderen, höchstens einmal einen ganz, ganz kleinen Schwachen, der gerade vom herrischen Aufschnaiter Helmut gekränkt worden war, und der mir folgte. Der Aufschnaiter Helmut brauchte mich nicht lang zurückzurufen: nach einigen Tagen, in denen ich zusehen mußte, wie die anderen unter dem Befehl des Aufschnaiter Helmut Krieg oder Zirkus oder Räuber und Schandi spielten, während ich ganz allein war, nach wenigen Tagen voll Traurigkeit, zwar selbständig aber einsam, voll Sehnsucht, kehrte ich reumütig in die Befehlsgewalt des Aufschnaiter Helmut zurück.

Die Herrschaft des Aufschnaiter Helmut überdauerte allerdings nicht die ganzen Jahre. Wie der Zimmermann Seppi wurde auch er bald nach Kriegsende in irgendeine Lehre geschickt, verkehrte mit seinen Lehrlingskollegen und rückte so in die Ferne für uns. Als ein Beispiel unterschwellig fortwirkender Revanche-Gelüste kann ich anführen, daß ich später nie ohne Schadenfreude Aufschnaiter Helmut begegnet bin, den ich – als er längst und ich endlich ausgewachsen – um einen Kopf überragte, der ich in München in die Oberschule ging, während er es – so wurde mir erzählt – zu nichts brachte, nichtsnutzig und heruntergekommen durch Kitzbühel schlich, während ich mit der ersten Andeutung von Freundin durch ebendiese Straßen stolzierte ... ich, so war mein Gefühl, brauchte ihn nicht mehr zu fürchten.
Etwas abgesondert von den anderen stand ich später (nach dem Ende der Herrschaft des Aufschnaiter Helmut) allerdings immer noch, und zwar, weil ich in den jeweiligen Moden langsamer war (und bin) als die anderen. Ich lernte – als alle Radfahren lernten – Radfahren erst ein halbes Jahr später; als alle ein Modellschiff bastelten, um es, zum großen Mißvergnügen des Knieschieber-Toni, um das E-Werk herum schwimmen zu lassen, hatte ich meines erst fertig, als diese Mode bereits wieder abgekommen war. Auch beim Schlittschuh war es so: plötzlich packte alle die Schlittschuh-Wut, und erst als der Zimmermann Seppi und der Brugger Fritz und selbst der kleine Bertelbauer Albert perfekt auf dem Eis herumflitzten, erkannte ich die Notwendigkeit, ebenfalls Schlittschuh zu laufen. Hätte ich damit angefangen, als alle angefangen haben, wäre nichts weiter dabei gewesen. Jetzt, wo es alle schon konnten, ungelenk anzufangen, auf dem Eis zunächst hin-

zufallen, zu stolpern, hätte mir, befürchtete ich, Spott eingetragen. Ich beschloß deshalb, in aller Heimlichkeit zunächst für mich selber zu trainieren, um dann – rechnete ich mir aus – als Meister mit Selbstverständlichkeit unter die anderen Meister zu treten. Ich hatte, wohl von einem meiner Onkel aus dessen Jugendzeit, ein Paar Schlittschuhe im Keller gefunden. Ich benötigte also nur noch eine eigene Eisbahn. Ich ebnete einen großen Teil des tiefverschneiten Gartens und des Hofes ein (vom hinteren Hauseingang etwa bis hin zum Holzschupfen), holte dann den Gartenschlauch und besprengte am Abend das eingeebnete, festgetretene Schneefeld. Als am nächsten Morgen mein Großvater, wie jeden Tag, aus dem hinteren Hauseingang trat, um aus dem Holzschupfen das Holz für die Öfen zu holen, rutschte er, wie vom Blitz gefällt, auf einer großen, lückenlosen, spiegelglatten Eiskruste aus und kreiselte sitzend, bis ihm die Holzwand des Schupfens polternd Einhalt gebot. Es gab einen riesigen Krach, und meine Eislaufkarriere war beendet. Es muß dies um die Zeit gewesen sein, als ich mich ohnedies mehr theoretischen Dingen zuwandte (der Wiedereinführung der altfränkischen Feudal-Monarchie), denn ich habe keine weiteren Versuche in der Richtung unternommen.

*

Nach dem Anwesen Abendstein kam ein niedriger Bau: eine chemische Reinigung von der ich nur mehr in meiner Erinnerung sehe, wie der Chef – eine graue Schildmütze auf dem Kopf – unzählige Kleider, die faltig von den primitiven Bügeln hingen, auf eine lange Stange hängte, die über die Kraut- und Salatköpfe seines Gartens führte. Auf der anderen Seite der Straße stand ein Haus, in dem eine Zeitlang eine Rucksackfabrik war, mit der mein Onkel in sehr lohnender geschäftlicher Verbindung stand, eine Verbindung, die sich für meinen Onkel mehr als für die Rucksackfabrik gelohnt haben muß, denn die Rucksackfabrik ging ein; und es wurde daraufhin dort ein Café eingerichtet. Dort wurde, wohl aus Anhänglichkeit zu der verflossenen Rucksackfabrik und nicht wegen der Qualitäten des Cafés, das eher windig war, mein Onkel Stammgast. Dennoch muß sich auch das Café nicht gelohnt haben, denn es ging ebenfalls in Konkurs. Neben diesem Haus stand die »Herz-Garage«, seinerzeit die einzige Tankstelle diesseits des Hügels, auf dem Kitzbühel steht. Zur Herz-Garage gehörten einige »Herz-Buben«, die ungefähr in unserem Alter waren, allerdings schon nicht mehr zum Kreis der »Jugend« – wenn ich es heute so nennen darf: der »Unteren Bahnhofstraßen-Jugend« – gehörten, zu der ich zählte. Neben der Herz-Garage lag das Haus, in das später, als ich lange schon nicht mehr in Kitzbühel war, meine Großeltern ihr Geschäft verlegten, als sie in Folge einer Reihe von erregenden Prozessen aus dem alten Rosendorfer-Haus ausziehen mußten. Gegenüber diesem Haus, anschließend an die Färberei, war der Ziepel (Zi–epel ausgesprochen), eine Musikalienhandlung in einem Haus, das über und über, auch die Hauswände, mit braunen Holzziegeln schuppenartig bedeckt war. Auch in der kleinen Auslage des Herrn Ziepel wechselten die verstaubten und gebleichten Trompeten-Mundstücke, Guitarren-Saiten und antiquarischen Noten nicht. Das Haus war insofern ein Markstein für uns, als neben ihm der Weg hinauf in die Exenweide einmündete. Die Exenweide war ein unbewaldetes, hügeliges Gebiet, das einem sehr bösen Bauern, dem Exenweider, gehörte, und das eines der hauptsächlichen Betätigungsfelder für uns war, besonders im Winter, wo es ein ideales Skigebiet für Kinder abgab, die sich noch nicht auf den Hausberg der Kitzbüheler, den Hahnenkamm, wagen konnten. Die Exenweide bezeichnete für mich zwei Katastrophen: kurz, nachdem ich nach Kitzbühel gekommen war, rannte ich mir beim Rodeln an einem Telegraphenmasten einen Zahn aus, später schlug ich – beim Ski-»Springen« von einer primitiven, selbstgebauten Schanze – den Kopf auf einem unvermuteten Eisbrocken so fest an, daß ich daraufhin mit einer für meine Jugend immerhin bemerkenswerten Konsequenz beschloß, das Skifahren sein zu lassen. Ich wandte mich dann – gemeinsam mit meinem Freunde Egbert Leister, der um diese Zeit in mein Leben trat – dem relativ ungefährlichen Briefmarkensammeln zu.

*

Nach der Abzweigung des Weges zur Exenweide (die Schreibweise »Echsenweide«, fällt mir auf, hätte faszinierende Aspekte: eine Weide, auf der Echsen weiden, Salamander, Schlangen, Kröten und Gewürm, gehütet von Hexen ...) stand rechter Hand hinter einem verwilderten Garten die »Pension Erika«. Es war eines der Häuser, die dem Kitzbühel dieser Zeit eine makabre Atmosphäre gaben. Ein Drittel oder vielleicht sogar die Hälfte der Kitzbüheler Häuser waren schon vor dem Krieg Hotels und Pensionen gewesen. Kitzbühel zählt ja zu den allerfrühesten Fremdenverkehrsorten, und der Fremdenverkehr hatte Kitzbühel schon in den zwanziger Jahren unseres Jahrhunderts ereilt: das Stadtbild und – vermute ich – die

Bewohner auch. Im Krieg und in den Jahren danach kamen aber keine Fremden, jedenfalls nicht die, die sich die Kitzbüheler wünschten. Schnell verfielen diese jetzt so riesig erscheinenden Hotels in der Strapaze der wechselnden Einquartierungen verwundeter Offiziere, nahmen immer mehr den Charakter hilflos gewordener, an den Ort gefesselter aufgedunsener Raubtiere an, fleischfressender Pflanzen, denen die Opfer, die »Fremden«, entzogen worden waren, und die immer mehr abstarben, in ihrem gierigen Inneren aber so viel Lebensfunken sich erhielten, um aus leeren Augen- oder Fensterhöhlen lauernd zu starren, ob nicht die besseren Zeiten schon wiedergekommen waren. (Die besseren Zeiten sind dann auch gekommen. Später zwar, als man gehofft hatte, aber dann als ein Segen von einem solchen Ausmaß, das sich selbst die kühnsten Hoteliers nicht auszumalen vermocht hätten. Und – sieh da – die hohlwangigen Hotels mit den finsteren Fensterhöhlen atmeten auf, bliesen sich auf, wurden feist und feister, und heute scheinen sie vor Wohlergehen zu platzen.) In der »Pension Erika« waren junge Lümmel einquartiert: ein Teil einer Oberschule aus Essen, die en bloc, mit Lehrer und allem beweglichen Unterrichtsmaterial, nach Kitzbühel evakuiert worden war. Mit diesen preußischen Knaben lagen wir, angeführt vom Aufschnaiter Helmut, sofort in Fehde. Zwar patriotisch, wie es nur ein Kind, dem es so eingeimpft worden war, sein kann, hatte ich anfangs Zweifel, ob in Anbetracht des Krieges draußen, den wir als hoch und heilig dargestellt erhielten, solche Zwistigkeiten hier im Inneren nicht die Kampfkraft des ganzen Volkes lähmen könnten, und in Anbetracht der HJ-Uniform, die sie, die Lümmel, stets, wir auch gelegentlich trugen … aber auch beim Patriotismus ist einem

das Hemd näher als der Rock, und ich stritt endlich wacker als patriotischer Kitzbüheler gegen die preußischen Eindringlinge. Zunächst konnten wir dank besserer Terrainkenntnisse schöne Erfolge erzielen. Wir bombardierten einmal von einer gänzlich unzugänglich erscheinenden Seite – die uns von der Exenweide aus doch zugänglich war – direkt die Schlafsäle der Essener Pimpfe mit Schneebällen. Der Überfall Dauns bei Hochkirch kann für das Heer Friedrichs II. nicht verheerender gewesen sein. Später, als den Pimpfen vom Norden das Gelände auch geläufig geworden war, mußten wir der Übermacht weichen. Die wirklich interessanten, versteckten Lagerplätze entdeckten diese Flachlandbewohner allerdings nicht.
Einige Kitzbüheler Kinder – unter anderen ich – wurden in die Essener Oberschule gastweise aufgenommen. Wir erlebten so, wie die sogenannten »Angriffstelegramme« jeden Morgen unter die Schüler verteilt wurden: die Eltern der Schüler, die in Essen geblieben waren, durften nach jedem Fliegerangriff kostenlos Telegramme an ihre Kinder schicken, in denen stand, wie zerstört das Hab und Gut dort draußen jetzt war. Diese Telegramme hatten eine eigene grüne Einfassung, die sie besonders kenntlich machten. Und nach der Verteilung durch den Lehrer trumpften unsere nordischen Mitschüler sich gegenseitig an Hand ihrer Telegramme die sie betroffenen Unglücksgrade auf: »Bei dir ist dat Haus zerstört? Mensch, mach dich nich lächerlich: meiner Jroßmutta hat's 'n Bein wechjerissen.«
Nach dem Zusammenbruch erlebten wir dann noch das Fliehen der zerstiebenden Armee der jungen Essener, die uns unser Revier eine Zeitlang streitig gemacht hatten; selbstverständlich mit hohem Vergnügen, als wäre es unser eigener Sieg gewesen. Es muß aber furchtbar gewesen

sein, für den, der es anders beobachtet hat. Als die Amerikaner einmarschiert waren, löste sich die Schule auf, ein Lehrer, wohl ein Obernazi – brachte sich um, die andern fuhren weg, um die große Schar der Buben, die einerseits die Hotelbesitzer, in deren Hotels sie einquartiert waren, anderseits die Amerikaner, die sich jetzt in die Hotels einquartierten, kurzerhand auf die Straße warfen, um diese Buben kümmerte sich niemand. Hungrig, geschlagen, weinend und im Ungewissen, wo ihre Eltern waren und ob sie überhaupt das Kriegsende überlebt hatten, liefen die vierzehn-, die zwölf-, ja, die zehnjährigen Kinder in ihren plötzlich so beschämenden Uniformen tagelang durch die Straßen ... es muß wohl auch mich erschüttert haben, weil ich es heute noch mit großer Deutlichkeit vor den Augen habe: als ein Güterzug Richtung Wörgl durch Kitzbühel fuhr, lief plötzlich ein Pimpf, ein kleiner Bub, so groß wie ich damals, aus einem Versteck auf diesen, in kaum verminderter Geschwindigkeit durch den Bahnhof fahrenden Güterzug, sprang auf einen Wagen auf, fiel herunter, sprang mit aufgeschlagenen Knien (ohne Gepäck, ohne Mantel, ohne alles) noch einmal nach einem Trittbrett, erreichte es, stemmte sich in den Waggon, verschwand darin und der Zug mit ihm ... wohin er wohl gekommen sein mag, der einsame, kleine Bub, das Abfallprodukt des großen Unglücks in dem reißenden Strudel des Jahres fünfundvierzig? Es ist für mich dieses Bild des zweimal auf den Güterzug aufspringenden kleinen Buben der Inbegriff der Hilflosigkeit und des wirklich völlig unverschuldeten Elends und Ausdruck dafür, daß die Menschheitsgeschichte eine Blutspur ist.

*

Dort, wo die »Pension Erika« stand, gabelte sich der Weg. Bis hierher ging die Straße geradeaus von unserm Haus weg, bis hierher konnte man vom Balkon unseres Hauses – von dem aus mein Großvater immer nach mir klatschte – die Straße überschauen, bis hierher konnte man von oben, der Stadtmitte aus, äußerstenfalls ohne zu treten, mit dem Rad fahren.

An der Scheide der beiden Wege stand das »Haus Dewina«, in der Bauart dem Abendsteinischen Anwesen ähnlich, mit vielen altmodischen Verzierungen und einem Erker (vorn, wie eine Gallionsfigur am Bug, der die Straße zerteilte), der in ein Türmchen mit zwei schmiedeeisernen Wetterfahnen, auslief. Die Hauptstraße führte – wenn wir es so sehen, wie man meinem Schulweg folgte – rechts am »Haus Dewina« vorbei; links zweigte die etwas schmälere Wegscheidgasse ab. Diese Wegscheidgasse folgte einem Bach. Bis etwa hierher – und zu den verschiedenen Baulichkeiten der Baumeisterei Gamper, die der »Pension Erika« gegenüber an der Hauptstraße oder aber schon an der Abzweigung der Wegscheidgasse lagen – floß der Bach offen, verschwand dann unter den Vorgärten und Vorplätzen der Häuser an dieser Straßenseite und kam erst wieder nach dem Bruggerhaus zum Vorschein. Ein kurzes gerades Stück floß er dann – damals, heute ist auch das überdeckt – unmittelbar an der Straße hin, getrennt von ihr nur durch einen sehr windschiefen Betonzaun. Einmal sprang ein Kalb hier in den Bach und konnte erst mit Mühe wieder aus dem Wasser gezogen werden; das Kalb war munter, nur der Viehtreiber und mehrere Helfer waren bis auf die Haut durchnäßt. Nach diesem geraden Stück umfloß der Bach das E-Werk des Knieschieber-Toni und dann im scharfen Winkel von der bisherigen Richtung weg zur sogenannten »Kitzbüheler Großache«. Die »Kitzbüheler Großache« war sehr harmlos, nur im Frühjahr überschwemmte sie in der Regel weiter unten ein größeres Gebiet und die Straße nach St. Johann, was unter anderem bewirkte, daß der Hochmeier Tschick einige Tage lang von der Schule »abgeschnitten« war. Wir spielten auch oft auf den Wiesen, die den Bach, bevor er in die Ache mündete, begrenzten. Einmal fiel dabei mein Fußball, ein kostbarer Schatz für alle, in den Bach und wurde von ihm sofort davongetragen. So wenig ich mich an viele Reihen von Tagen im einzelnen erinnern kann, auf diese wenigen Minuten danach und an die Gefühle, die mich im Moment bewegten, kann ich mich genau besinnen: ich erkannte sofort, daß – obwohl der Ball, wie gesagt, ein kostbarer Schatz für alle war –, daß keiner von den anderen, die viel stärker, viel couragierter waren als ich, mir helfen würde; in wirklicher Not ist man offenbar allein, und verlassen kann man sich – wenigstens mir ist es, nicht nur damals, sondern immer, bis heute so ergangen – nur auf sich selber ... wahres Glück und wahre Not sehen uns als Eremiten. Bis auf den Willen, den Ball zu retten, schaltete sich im Moment jeder Verstand aus (der mich ja auch nur planen, das heißt: zögern hätte lassen), und ich rannte, während die andern dumm und peinlich berührt von meinem Unglück, ohne ein Wort herumstanden, den kürzesten Weg zur Ache hinunter, überholte so den Ball, der noch im Bach trieb, und schnitt ihm unter Ausnützung des Mündungswinkels den Weg ab, sprang mit Schuhen und Strümpfen ins Wasser, das mir Buben immerhin bis an die kurzen Hosen reichte, watete ein Stück hinein und wartete, wie der Ball aus dem Zufluß herauskommen würde. Ich stand einige Sekunden – mir schienen es Stunden – in dem braunen Wasser, das nicht tief war, aber reißend und vor allem schmutzig, so daß ich nicht sehen konnte, wo ich stand und wie tief es beim nächsten Schritt wurde. Da kam der Ball lustig daher. Ich empfand es tatsächlich und, wenn man so sagen kann, wörtlich als lustig, wie er da auf dem Wasser schwamm, das er schier nur mit einem Punkt seiner Oberfläche berührte. Ich watete weiter hinein, bis ich in die Linie kam, auf der der Ball mir zutreiben mußte. Ich stellte mich breit gegen die Wellen hin und fing den Ball auf, nahm ihn sorgsam an mich und watete wieder ans Ufer, während die Spannung nach- und anderen Gedanken wieder Raum ließ. Nie mehr, so rekapitulierte ich, hätte ich den Ball bekommen, wenn nicht hier, weil er immer schneller auf der großen Ache weggeschwommen wäre, die verschiedenen Katarakte hinab, und weil ich nicht einmal mehr, am Ufer nebenher laufend (was außerdem nicht möglich gewesen wäre, weil da kein Weg führte), einzuholen vermocht hätte. Ich war für diese Minuten in der nicht tiefen, aber recht breiten Ache, die in trägen, kräftigen, braunen Wellen an mir vorbeifloß, tatsächlich ein anderer; ich war außerhalb meiner selbst, und ich war auch danach, als ich sozusagen wieder zu mir zurückgekommen war, sehr ernst und sehr benommen, wie erschreckt über das Wesen, das – völlig verschieden von mir – offenbar neben mir in meinem Körper lebte und mich für Minuten, zum Heil meines Balles, der Herrschaft über diesen Körper zu berauben, mich zu überhöhen, im Stande war.

Eine andere kleine Begegnung spielte sich vor dem »Haus Dewina« ab, deren Sinn ich heute noch nicht verstehe. Es muß noch im Krieg gewesen sein. Ich ging gerade in die Stadt hinauf, den Schulweg, den ich hier beschreibe, vielleicht eben gerade in die Schule, da kamen zwei deutsche

Soldaten diesen Weg herunter. An den einen der Soldaten kann ich mich überhaupt nicht mehr erinnern; er ist ein Schatten in meinem Gedächtnis geworden, der andere Soldat aber, obwohl ich ihn nicht vorher und nicht nachher mehr gesehen habe, der andere Soldat ist mir mit allen Einzelheiten im Sinn geblieben: er war Gefreiter, verwundet, denn er trug einen Arm in einer Schlinge. Er hatte eine Schildmütze auf, was für die Mannschaftsgrade der deutschen Armee nicht üblich war, und er trug, was damals noch weniger üblich, einen Schnurrbart mit leicht aufgezwirbelten Spitzen. Bei alten Leuten, zum Beispiel bei meinem Großvater, kannte ich solche Bärte, die aus der Mode um die Zeit Kaiser Wilhelms II. herrührten, aber bei jungen Leuten – wie bei diesem Soldaten – war ein Bart, ein solcher mit aufgezwirbelten Spitzen, ungewöhnlich, ja, erschien grotesk. Aber nicht nur an seinen Bart, an sein helles, freundliches Gesicht, an seine Augen, an *ihn* eben kann ich mich genau erinnern, obwohl ich ihn nicht länger als eine Sekunde gesehen habe. Ich weiß noch, daß es mir in dieser Sekunde durch den Kopf schoß: diesen Soldaten wirst du nie mehr vergessen ... und ich habe ihn nicht vergessen. Warum? Weil ich damals daran gedacht habe, ihn nie mehr zu vergessen, und weil mir nur sein Schnurrbart aufgefallen war? Oder hat diese Begegnung und die Tatsache, daß ich auch heute noch, hie und da, in längeren Abständen, für Augenblicke an ihn denke, einen tieferen Sinn, der mir jetzt noch verborgen ist, den zu entdecken mein Leben noch in sich birgt? Wird dieser Soldat in irgendeiner Form einmal plötzlich vor mir stehen, furchtbar oder friedlich?

*

Auf der linken Seite der Straße kam nach dem stolzen, turmbewehrten »Haus Dewina« das niedrige, schuppenartige, aber dennoch immerhin einstöckige – also aus Parterre und erstem Stock bestehende – Anwesen Himberger. Dort wohnte Fräulein Himberger, unsere Stenographie-Lehrerin. Sie war eine resolute Person, in den Augen aller Nachbarschaft moralisch sehr wenig gefestigt, weil sie manchmal im Sommer in ihrem Garten in langen Hosen arbeitete – ein unerhörter Anblick im Kitzbühel damaliger Zeit ... Im Winter waren Skihosen gang und gäbe, für männliche wie für weibliche Kitzbüheler. Hosen im Sommer aber deuteten auf eine moralische Verkommenheit hin.

Nach dem Anwesen Himberger kamen einige kleinere Häuser, etwa vier, die nichts Interessantes bargen oder das mir jedenfalls verborgen war. Es wohnten keine Kinder darin, bis auf das letzte dieser Häuser. Hier wohnte ein Knabe; er hieß Elsässer. Seine Mutter betrieb einen Pediküre-Salon in dem Haus; allerdings hat man nie jemand hineingehen sehen. Die Kitzbüheler hätten es auch höchstens dem Fräulein Himberger zugetraut, dieses Etablissement zu besuchen, dessen Sündhaftigkeit bei dieser derartig fremdwörtlichen Bezeichnung außer Frage stand.

Der Knabe Elsässer war insofern bemerkenswert, als er sogar zum Indianerspiel zu dumm war. Wir hätten nicht von ihm erwartet, daß er befehlen können sollte, aber er begriff nicht einmal das Gehorchen. Heute sehe ich diese Sache und den Knaben Elsäser anders ...

Nach dem sündigen Salon der Frau Elsässer kam ein großer schmutziger Platz. Mitten auf diesem Platz stand das größte aller Häuser bisher auf dem Schulweg: die Milchzentrale. An einer Front waren Rampen, an die von

Mit kurzer Wichs, abstehenden Ohren
und »Führerscheitel« (1944)

beiden Seiten – von der Hauptstraße und hinten von der Wegscheidgasse, die hier schon etwas tiefer lag als die langsam steigende Hauptstraße – die Milchfuhrwerke der Bauern heranfahren konnten, um ihre Milchkübel abzuladen. In der Früh stand stets eine lange Schlange von Milchfahrzeugen unterschiedlichster Art, aber alles Pferdefuhrwerke, vor der Rampe und wartete auf das Abladen. Eine andere Schlange vor der Milchzentrale bestand aus den wartenden Hausfrauen. Es war im Herbst 1945, kurz nachdem die Amerikaner abgezogen und die im sicheren Gefolge der Amerikaner ebenfalls, aber vorsichtiger siegenden Franzosen in Tirol einmarschiert waren. Auch Kitzbühel bekam eine französische Besatzung: viele kleine, schwarze, halb-verhungerte Chasseurs-des-Alpes mit unzähligen Frauen, Kindern, Tanten, Großmüttern und anderen Anverwandten, die sich in die Kitzbüheler Hotels einquartierten.

Um diese Zeit verabsäumte es einmal der Geschäftsführer der Molkerei, seinen Laden in der Früh rechtzeitig aufzusperren. Es wurde am nächsten Tag kolportiert, er hätte einen Rausch gehabt und die Zeit zum Aufstehen verschlafen. Die Molkerei öffnete sonst gerade um die Zeit, als wir auf dem Schulweg waren, und es herrschte dann stets in dieser einzigen Milchverkaufsstelle in Kitzbühel ein lebhaftes Gedränge. An diesem einen Tag, als der säumige Geschäftsführer seinen Rausch ausschlief, bildete sich vor der Molkerei ein noch größerer Haufen erboster Hausfrauen, die mit zornroten Köpfen diskutierten und schimpften. Wir unterbrachen selbstverständlich unseren Schulweg und beobachteten, wie die Hausfrauen ihre Milchkübel wie in einem Konzert von blechernen Höllenglocken aneinanderschlugen. Die Franzosen bliesen so-

fort Alarm. Eine Gruppe besonders beherzter Soldaten marschierte in geschlossener Formation mit aufgepflanzten Seitengewehren aus der Stadt herunter. Der Vormarsch der beherzten Franzosen stockte etwa bei der »Villa Zierfuß«, hundert Schritt stadteinwärts ... wir waren aufs äußerste gespannt, was kommen würde: oben die Franzosen mit den aufgepflanzten Gewehren, entschlossen unter dem Rand ihrer dunkelblauen Baskenmützen hervorblickend und die Hausfrauen ins Auge gefaßt, unten die Hausfrauen, die ihrerseits vor Schimpfen und Schlagen mit den Kübeln die Franzosen gar nicht bemerkten. Da ertönte – es mußte wohl von einem französischen Spaßvogel hergerührt haben – von oben herunter ein gickselndes Angriffssignal auf einem Horn. Die Hausfrauen erstarrten – aber auch die Franzosen erstarrten über ihre eigene Courage ... Auge in Auge standen sich jetzt die Lager gegenüber. Was wird geschehen? Nun, durch das Hornsignal war offenbar der Geschäftsführer der Molkerei endlich aufgewacht und öffnete jetzt den Laden. Wie hineingesaugt in die Molkerei verschwanden die Hausfrauen, wieder schimpfend und klappernd. Die Franzosen blieben einige Zeit auf Beobachtungsstation, dann, als nichts weiter passierte, blies das Horn zum Abmarsch. Die Franzosen machten kehrt und zogen ab, wieder in die Stadt hinauf.
Anläßlich eines französischen Nationalfeiertages veranstalteten die Franzosen in der Stadt eine rührende Parade. Alle Chasseurs-des-Alpes wurden außerhalb des Jochberger Tores aufgestellt und marschierten dann in die Stadt, wo vor der Papierhandlung Tscholl eine Tribüne für den Befehlshaber der Besatzung und für seine Kinder und Tanten und Schwägerinnen und für den Kitzbüheler Bür-

germeister errichtet worden war; nachher marschierten sie ums Eck und durchs Kirchberger Tor – das war unters Kino durch – wieder fort. Da die Fiktion aufrechterhalten wurde, es handle sich nicht um Sieger, sondern um Befreier, und Tirol wäre nicht besiegt, sondern ehrenhalber mit Franzosen durchsetzt, war die Kitzbüheler Feuerwehr geladen worden, sich an der Parade zu beteiligen. So marschierte nach dem mehr oder minder geordneten Haufen der Chasseurs, die beim Marschieren ums Eck vollends aus jeder Formation gekommen waren, die militärisch gedrillte Feuerwehr mit klingendem Spiel, gebürsteten Uniformen, blitzendem Schlauchwagen und auf Vordermann ausgerichtet, mit Augen rechts an der Tribüne vorbei und sogar mühelos ums Eck. Nachdem wurde sie nicht mehr zu Paraden der Franzosen eingeladen. Der Stolz der Tiroler war so hoch, als hätten sie nun doch den Krieg gewonnen. Auch das sehe ich heute anders …

*

Auf die Milchzentrale, nach der breiten Zufahrt zu den Milchrampen, folgte das Vereinshaus. Das Vereinshaus hieß während des Krieges »K. d. F.-Heim« und wurde nachher wieder dem Kolping-Gesellen-Verein – deswegen Vereinshaus – zurückgegeben. Der Präses des Vereins war sich allerdings eine Zeitlang unschlüssig darüber, ob er das alte Gebäude wieder dem ursprünglichen Zweck zuführen, was enorme Restaurierungen gekostet hätte, oder ob er irgendwo ein neues Haus dafür bauen sollte und das alte verkaufen. Meine Großeltern interessierten sich für das Haus, denn darin befand sich ein Saal, der einzige größere Saal mit einer Bühne in Kitzbühel außer dem Kino, und meine Großeltern wollten darin ein zweites Kino errichten. Das wäre damals gegangen, weil die zweite Kinolizenz, die es in Kitzbühel gab, die Besitzerin des ersten Kinos, die zur Unterbindung einer Konkurrenz auch die zweite Lizenz aufgekauft hatte, hätte hergeben müssen, denn diese Dame war bei der Partei gewesen und hätte sich so gegen diesen Eingriff nicht wehren können. Ich brauche nicht zu sagen, daß ich dem Gelingen dieses Planes mit heißestem Herzen entgegenfieberte. Ich würde – gratis – in *jeden* Film gehen können, in jeden, vor allem in alle die Filme, in die die anderen Kinder nicht gehen konnten, weil diese Filme für solche, die noch nicht vierzehn Jahre alt waren, verboten waren. Die Aussichten waren so paradiesisch, daß sie mir, wenn ich daran dachte, den Atem verschlugen ... leider verwirklichten sie sich nicht, selbstverständlich, weil sich Möglichkeiten, die einem die lückenlose Erfüllung glücklicher Erwartung böten, immer nur anderen erfüllen. Der Kolpingsverein behielt das Haus.

Im Vereinshaus, und zwar im Tiefparterre in einem größeren, aber für den folgenden Zweck sehr ungünstigen Raum, wurde die Klasse I b der oben erwähnten Essener Oberschule unterrichtet. In diese Klasse ging ich ein Jahr lang, und so lange endete also mein Schulweg hier. Der betreffende Raum war niedrig und im Grundriß wie ein großes T. Die Unübersichtlichkeit wurde dadurch erhöht, daß es keine Schulbänke gab, sondern alle Schüler an zwei langen Tischen auf gewöhnlichen Stühlen saßen. Die zwei langen Tische hatten nur Platz in dem Raum, wenn man sie T-förmig aneinanderreihte. Der Lehrer stand am einen Ende des T-Balkens, und wenn man sich jetzt noch den oben bezeichneten Grundriß des Raumes vor Augen hält, so leuchtet es ohne weiteres ein, daß gewisse Partien der Klasse für den Lehrer unsichtbar waren. Was das bei einer übergroßen Klasse von Zehnjährigen heißt, braucht nicht weiter gesagt zu werden. Im Winter war der feuchte Raum sehr kalt. Brennmaterial wurde von der Stadt oder der Stelle, die darüber zu entscheiden hatte, der fremden Schule nicht zugeteilt. Es waren deshalb alle Schüler verpflichtet, jeden Tag ein Scheit Holz mitzubringen. So kann ich mich denn erinnern, daß neben den Ersatz-Heften, den Ersatz-Büchern und den Ersatz-Bleistiften, neben dem Butterbrot in der Früh auch immer ein Scheit Holz in meine Schultasche gepackt wurde. Nachdem man in den, über Nacht in dem eisigen, übermäßig schneereichen Winter Kitzbühels bis auf den Gefrierpunkt abgekühlten Schulraum gekommen war, mußten zunächst die Holzscheiter abgeliefert werden. Rumpelnd – von Zurechtweisungen des Lehrers begleitet – wurden die Scheiter aus mehr oder weniger Entfernung zum Ofen geworfen, trafen wohl auch rein zufällig als Zwischenstation den Kopf eines weniger beliebten Mitschülers, und nachdem einigermaßen Ruhe eingetreten war, war es an dem Lehrer oder der Lehrerin die Heizerdienste zu verichten. Turnusmäßig wurde dann jeweils ein Schüler, der sogenannte »Feuerschüler«, beauftragt, auf das Feuer aufzupassen – paßte er nicht auf, drehte er, zum Beispiel, zu früh die Klappe zu, füllte sich der ganze Raum mit Qualm ... was solche Hustenanfälle hervorrief, daß wir sofort ins Freie mußten. Durch ein besonders strenges Notensystem versuchten die Lehrer, diesen ganzen Übelständen zu begegnen. Das Notensystem muß nicht ganz ausgereift gewesen sein, denn die Übelstände traten nicht beiseite. Vielmehr wurde dann, als sich der Krieg immer mehr dem Ende zu neigte (es handelte sich um das Schuljahr 1944/45), der Unterricht immer sporadischer. Wir wurden bald hier in einem Hotel-Speisesaal, bald dort in einer Garage, bald mit dieser, bald mit jener Klasse gemeinsam unterrichtet. Im April hörte der Unterricht dann ganz auf ... bis Ende Oktober des Jahres, wo die Hauptschule wieder ihre Pforten öffnete ... diese Zeit, diese sieben Monate absolute Ferien, die für uns deswegen noch länger erschienen, weil wir ihr Ende nicht absahen, gar nicht absehen wollten, diese sieben Monate in einer erregenden, faszinierenden Zeit (in der, zum Beispiel, an *uns* beim Tscholl ohne weiteres Zündhölzer verkauft wurden, in der sich die neuen Briefmarkenausgaben förmlich überstürzten), dieser strahlende, heiße Sommer in der relativen Sicherheit, die die Berge boten, diese Monate der ungebändigten, herrlichen Freiheit war wohl die glücklichste Zeit meiner Jugend.

*

Im Vereinshaus waren außer der einen Klasse der Essener Oberschule Flüchtlinge untergebracht. Unter anderem wohnten mein Freund Egbert dort und mein Klavierlehrer Bakosch.

Viel Erfolg hatte Bakosch mit seinem Unterricht bei mir nicht. Es störte meine Großeltern wenig; ihnen genügte allein die Tatsache, daß ich unterrichtet wurde. Nur bis Weihnachten, setzten meine Großeltern fest, müsse ich *Stille Nacht, heilige Nacht* spielen können. Da ich bis Weihnachten in der fortschreitenden Technik noch nicht so weit war, den betreffenden Satz zu spielen, »studierte«

mir Herr Bakosch das Lied extra ein. So ähnlich muß Mozart – wie er ja darüber jammert – seinen Kastraten und Tenören die Opernarien eingebleut haben. Ton für Ton wurde auswendig gelernt und das Stück so oft immer und immer wieder gespielt, bis ich es – nicht nur im Schlaf – konnte, nein, bis meine kleinen Finger, in Klavierlage gebracht, von selber *Stille Nacht, heilige Nacht* hämmerten. Diese Automation rächte sich jedoch, denn statt das Weihnachtsfest zu verschönern, störte ich es: als die Bescherung vorbei war, die Kerzen auf dem Christbaum, der traditionsgemäß auf der Nähmaschine stand, brannten, und die versammelte Familie – meine Großeltern, mein Onkel und meine Tante, mein Vetter und ich – *Stille Nacht, heilige Nacht* singen sollte, öffnete ich den Klavierdeckel und – noch ehe die anderen Atem geholt hatten, war ich – als wäre ein Automat in mir abgelaufen – klimp-klimp-klimp mit der ersten Strophe fertig. Ich konnte es so gut, daß ich einfach nicht langsamer zu spielen vermochte. Das gestörte Weihnachtsfest wäre aber noch nicht so schlimm gewesen. Ich bekam selber Vergnügen an der herrlichen Perfektion, mit der ich *Stille Nacht, heilige Nacht* spielen konnte, und wochenlang danach bis in den Frühling hinein, spielte ich *Stille Nacht, Heilige Nacht*, oft stundenlang mit stets wachsender Geschwindigkeit.

*

Nun hatte die Straße ihren steilsten Abschnitt erreicht, außerdem machte sie eine scharfe Kurve nach rechts, in die innen ein Haus gebaut worden war, das mit einem Eck scharf in die Kurve hineinragte. Späteren Verkehrsbedürfnissen erwies sich dieses Haus als äußerst hinderlich und gefährlich. Man überlegte, wie man die Gefahr beseitigen könnte und verlegte dann – der Einfachheit halber – die Polizeistation dort hinein.

Ich kann mich allerdings an keinen Unfall erinnern, der sich dort ereignet hätte, so daß die Gendarmerie – wie die Polizei hieß – sofort strafend einschreiten hätte können. Die Gendarmerie schritt nur strafend ein oder versuchte es wenigstens, wenn wir auf unseren Rädern wie die Wilde Jagd hinunter um dieses Eck bogen, womöglich mit einem Freund auf dem Rahmen oder dem Gepäckträger, weil damit das Gewicht noch höher war und weil man noch schneller fahren konnte. So einmal ich mit einem Freund, dem Pacher Eugen, als ein Gendarm – wir waren schon ungehindert bis fast vors Rosendorfer-Haus gekommen – völlig unerwartet aus dem Zimmermannanwesen trat. Ich sehe heute noch, wie seine Augen sich beim Anblick von uns Frevlern weiteten. Er pfiff und schrie, wir aber bogen blitzschnell in den Garten unseres Hauses ein, und ich kann mich erinnern, daß das Rad schon aufgeräumt und abgesperrt im Magazin stand, wo es hingehörte, und wir, Pacher Eugen und ich, im Wohnzimmer saßen und »Mensch-ärgere-dich« oder irgend etwas spielten, als der Gendarm unten durchs Geschäft herein und mit meinem Onkel herauf kam. Er fand zwei friedlich spielende Buben vor, die selbstverständlich von nichts wußten. »Aber ihr seid doch gerade auf einem Rad unten auf der Straße gefahren?« Wir schauten uns an: »Wir?« – Der Gendarm ging kopfschüttelnd wieder fort. Er muß wohl seitdem an Halluzinationen geglaubt haben.

Gegenüber der Gendarmerie, anschließend ans Vereinshaus, stand der protzige alpenländische Stilbau des »Hotels Tyrol« – mit Ypsilon. Es sah und sieht aus wie der Traum einer größenwahnsinnigen Sennerin, wie ein Almhütten-Wolkenkratzer, eines der Beispiele früher Fremdenverkehrs-Verschandelungen des Kitzbüheler Ortsbildes.

Dann, auf der Strecke, die nach dem scharfen Eck in die neue Richtung führte, folgten einige Häuser, die tatsächlich nur von der Oberen Gänsbachgasse, der Fortsetzung der Wegscheidgasse, zugänglich waren, und von denen man über die Gärten hinweg, die dazwischen lagen, nur das oberste Stockwerk sah, weil der Höhenunterschied zwischen der Hauptstraße und jener Gasse sich erheblich vergrößert hatte. Im übrigen folgte die Obere Gänsbachgasse aber der Richtung der Hauptstraße, das heißt, sie machte die erwähnte scharfe Kurve in etwas gemildertem Maß mit.

Dort, wo die Hauptstraße eine zweite, diesmal nicht so scharfe Wendung nach links machte, stand das Haus des Friseurs Winderl, der mir die Zeit meiner Jugend über die Haare schnitt. Neben dem Haus des Friseurs Winderl vorbei ging eine ganz winzig schmale, sehr schmutzige und bei uns sehr beliebte Gasse, eher ein Durchschlupf auf die Obere Gänsbachgasse hinunter. Auf der anderen Seite der Straße ragte jetzt die Kirche auf. Die Kirche von Kitzbühel, vielmehr: die zwei Kirchen, eine große Kirche mit einem kleinen, zierlichen Turm und eine kleine Kirche, fast eine Kapelle, mit einem großen, alten, klobigen Turm, stehen auf dem Kopf des Hügelzuges, der den Ausläufer des mehrfach erwähnten Biechlach bildet. Die Friedhofsmauer formt gleichsam eine Festungsumwallung: niveaugleich zugänglich nur von der einen Seite, von der Exenweide her, fällt der Hügel an allen drei anderen Seiten steil ab; an der einen Seite führt die Hauptstraße entlang, am Fuß, im Schatten der hochragenden Friedhofsmauer, standen das gefährliche Haus mit der Gendarmerie und die »Villa Zierfuß«, stand dann das Haus eines Zahnarztes, dessen Namen ich nicht mehr weiß, von dem weiter nichts zu erwähnen ist, als daß daneben eine steile und ausgetretene steinerne Stiege, eine wahrhaftige Himmelsstiege – und so wurde sie auch genannt – zur Friedhofsmauer hinaufführte, wo sich oben eine ganz kleine Pforte öffnete. Obwohl diese Pforte in der Regel abgesperrt war, machten wir auf dem Weg in die Kirche stets den Versuch, ob wir nicht doch mit diesem Weg – der an und für sich kürzer gewesen wäre – Erfolg hätten. So riskierten wir stets zu Gunsten einer möglichen Abkürzung eine unwegsame Abzweigung.

Die eigentliche Kirchenstiege fand sich erst nach der neuerlichen Wendung der Straße. Die Obere Gänsbachgasse und ihre Vorgängerin, die Wegscheidgasse, hatten die Bewegung der Hauptstraße bis hierher im wesentlichen mitgemacht, führten also ungefähr parallel dieser entlang; nur diese zweite Wendung macht die Obere Gänsbachgasse nicht mehr mit, so daß jetzt, nach dem Haus des Friseurs Winderl, die beiden Straßen sich kreuzen, allerdings auf verschiedenen Ebenen. Auf einer großen, aus rötlichen, grob behauenen Steinquadern gebauten, etwas geschwungenen Brücke führte die Hauptstraße über die Gänsbachgasse drüben und drüben in die eigentliche alte Stadt hinein. Rechter Hand, wo der Hügel, der von der Friedhofsmauer begrenzt ist, herab zur Hauptstraße und weiter hinab zur Gänsbachgasse fällt, steht das Spital, das von unten, der Gänsbachgasse aus betrachtet, drei-, von heroben betrachtet einstöckig ist. Am Spital vorbei führt dann die Hauptstiege in einem pittoresken, sich nach oben füllhornartig verengenden Bogen aus alten breiten Stufen zum Kirchenportal hinauf. Die Kirchen von Kitzbühel, die merkwürdigerweise außerhalb des Weichbildes stehen, sind sehr alt. Daraus erklärt sich auch, daß es zwei Kirchen sind. Ursprünglich waren Kirche und Turm getrennt gewesen, im Sinn der italienischen Art, den Campanile nicht unmittelbar an das Kirchenschiff zu bauen. Später wurde an den Glockenturm eine Totenkapelle angebaut, weil dort eben gerade Platz war, und noch später, in der Zeit des Rokoko, wurde die unmodern gewordene Kirche restauriert, innen mit Putz und barocken Malereien, außen mit einem winzigen Turm – mehr Geld war nicht da – versehen, weil man die Trennung von Turm und Kirche nicht mehr verstand. So ist Kitzbühel zu zwei Kirchen gekommen. In der eigentlichen großen Kirche hat Pfarrer Schmied von Kitzbühel einmal eine Andeutung von Tuffstein unter dem dicken Putz einer Fensterumrandung entdeckt. Er ließ sofort die Kirche zusperren – das gesamte Pfarrvolk wurde für die Zeit zu den Messen in die kleine Nebenkirche gezwängt oder zu den Franziskanern hinübergeschickt, die auch über eine Kirche verfügen –, und er begann, zunächst mit eigenen Händen und der Hilfe einiger Putzfrauen, den Barockputz herunterzuschlagen. Tuff – so hatte er blitzschnell geschlossen – Tuff ist Gotik. Bei dem Herunterschlagen mit Hilfe der Putzfrauen entdeckte er mehr, als seine gewagtesten Träume erwartet hatten. Als einmal einer Putzfrau ein Stück Putz zuviel wegsprang, lugte aus dem Freigewordenen eine kleine Hand hervor, die ein Buch hielt: ein Fresko. Jetzt war die Zeit für umfassende Aktionen gekommen. Der Pfarrer verständigte das Denkmalamt der Diözese. Einige

Sachverständige kamen und untersuchten mit Lupen die kleine Hand mit dem Buch, kratzten dann mit einem Hämmerchen mehr Putz weg, bis sie einen ganzen Apostel, verblichen, aber deutlich, vor sich hatten. Es war nicht nur gotisch, es war fast romanisch. Der Pfarrer war außer sich vor Begeisterung, am liebsten hätte er sofort die ganze Kirche von innen nach außen gekehrt... wenn er das Geld gehabt hätte. Das Denkmalamt erklärte sich zwar bereit, einen gewissen Betrag aufzuwenden, auch von Wien kam ein Obolus dazu, den Rest mußten die Kitzbüheler selber aufbringen. Mit Kunst, so wußte es der Pfarrer Schmied seit dreißig Jahren richtig, war den Kitzbühelern aber nichts zu entlocken. Er hielt deswegen unvermutet an einem Sonntag in der Kirche – in der großen, der Wirkung halber, die notdürftig aufgeräumt worden und wieder aufgesperrt war – eine Predigt. Es ging diesmal in der Predigt nicht um den Heiland, um den Tod und die Letzten Dinge, je nach Abschnitt des Kirchenjahres, in dem man sich befand und worauf die Kitzbüheler gefaßt gewesen wären, es ging um die Fresken. Ganz ruhig und scheinbar ohne jede Teilnahme erklärte der Pfarrer die Baugeschichte der Kirche. Er ging gar nicht so sehr auf die Malereien ein, vielmehr auf die vier großen Säulen, die das Gewölbe tragen. Auch die Säulen, predigte der Pfarrer, seien aus Tuffstein. Auch die Säulen waren mit Putz überzogen worden vor zweihundert Jahren. Der Putz, erklärte er, mit anschaulich begleitenden Handbewegungen, verträgt sich nicht – der Pfarrer nannte einige chemische Begriffe – mit dem Tuff, frißt vielmehr den Tuff wie der Rost das Eisen, nicht schnell, aber sicher. Er glaube nicht, fügte der Pfarrer hinzu, daß es jetzt, nach zweihundert Jahren schon so weit sei, daß demnächst, wenn etwa ein schwerer Lastwagen drunten auf der Straße vorbeifahre, das Gewölbe jetzt schon einstürzt; im übrigen, wenn es einstürze, so halte er diejenigen für glücklich, die es begrabe, weil sie ja einen schönen Tod und nahezu die Gewißheit der prompten Himmelfahrt hätten ... das Geld wenn da wäre, freilich, dann könnte man schon den Verputz herunterhauen und schauen, wie weit er sich schon in den Tuff hineingefressen hat.

Ich habe diese Predigt selber gehört. Kein Mensch hat sich nachher mehr zu räuspern gewagt, vor Angst, dieses Geräusch könnte den Einsturz des Gewölbes verursachen. Das Geld kam in einer nachfolgenden Haussammlung – der Pfarrer sammele nicht direkt nach der Predigt, sagte er, weil er nicht annehme, daß jeder so viel Geld bei sich habe, wie er spenden wolle – tatsächlich zusammen, und es stellte sich heraus, daß die Darstellung des Pfarrers gar nicht übertrieben gewesen war: der Putz hatte wirklich schon stellenweise ganze Kränze im Gestein zersetzt. Der Putz wurde entfernt und der Stein zum Teil erneuert. Und um den Altar wurden eine Reihe von Aposteln in sehr schöner alter Darstellung freigelegt. Leider reichte die Angst vor einer plötzlichen Himmelfahrt bei den Kitzbühelern nicht dazu aus, daß sie dem Pfarrer finanziell die Möglichkeit gegeben hätte, auch den Verputz im Kirchenschiff abzuschlagen und die Fresken freizulegen, die nach der Meinung der Sachverständigen darunter verborgen liegen.

Nach dem Aufgang zur Kirche führt die Straße in dem erwähnten großen, steinernen Bogen über die nun nicht mehr ganz parallel dazu verlaufende Obere Gänsbachgasse hinweg. Vis-à-vis der Stiege zur Kirche führte eine andere, eine sehr schmale Stiege mit hohen, schmalen Stu-

»Solche Winter gibt es nicht mehr –« (1944/45)

fen zur Gänsbachgasse hinunter. Später wurde auch rechts, also auf der anderen Seite der Straße, eine Verbindungsstiege errichtet, und zwar in Anlehnung und über das Dach einer gleichzeitig erbauten öffentlichen Bedürfnisanstalt hinweg – eine öffentliche Bedürfnisanstalt… ein unerhörter Luxus für Kitzbühel. Fortschrittliche Einwohner glaubten bereits den Atem der Großen Welt zu verspüren angesichts dieses flachdachigen, aus bewußt groben, bläulich-violetten Quadern gefertigten Baues, des modernsten Gebäudes in Kitzbühel für lange Zeit. Es wurde auch eine Klosettfrau angestellt, die hauptsächlich damit beschäftigt war, mit der Inhaberin der gegenüber liegenden Bäckerei Höck Neuigkeiten auszutauschen, denn – leider führt sich bekanntermaßen alles Bahnbrechende nur schwer ein – die Bedürfnisanstalt wurde kaum frequentiert. Wenn man von jedem Punkt der Stadt quasi nur fünf Minuten aufs heimische Klosett hat, benützt man keine öffentliche Bedürfnisanstalt. Lediglich meine Großmutter besuchte sie hie und da, denn sie litt unter einer sehr kapriziösen Blase.
Meiner Großmutter war somit jenes steinerne Häuschen ein wichtiges topographisches Phänomen im Stadtplan von Kitzbühel, und als seine Damen-Abteilung später wegen des aufwendigen Personalbedarfs – die mit der Höckbäckerin schwätzende Abortfrau – gesperrt wurde, war meine Großmutter wohl die einzige Leidtragende dieser kameralistischen Maßnahme.

*

Nachdem die Hauptstraße in dem großen Bogen über die Gänsbachgasse hinweg- und an der Spitalkapelle und der

Bedürfnisanstalt vorbeigegangen war, begannen die großen, alten, mächtigen Häuser der eigentlichen Altstadt. Der Grundriß der Altstadt von Kitzbühel ist genau wie die Zeichnung eines entspannten Bogens, auf dem ein Pfeil liegt. Die Sehne des Bogens ist die Fortsetzung der Hauptstraße, die wir heraufgekommen sind, die »Vorderstadt«. Der Bogen selber ist die »Hinterstadt«, der Pfeil hat als Straße keinen Namen, verbindet in einem breiten Weg genau in der Mitte Vorder- und Hinterstadt und führt durch das Kirchberger Tor aus der Altstadt hinaus. Dort, wo die Bahnhofstraße, spätere Joseph-Pirchl-Straße (niemand nannte sie so) in die Altstadt hineinführte, war zwischen dem »Hotel Goldene Gams« und der Spielzeughandlung Salvenmoser das St. Johanner Tor gewesen. Mein Schulweg führte mich scharf an dieser Spielwarenhandlung vorbei (die aber, zu meinem Leidwesen, nie Spielsachen, etwa elektrische Eisenbahnen oder so, führte, sondern Gehställchen und Bären und Gießkannen) und in die Hinterstadt – den Bogen hinein. Die Hinterstadt war hier sehr schmal und finster. Links war die Hinterfront des »Hotels Reich« mit Küchenfenster, Abfallkübel und Lieferanteneingang, rechts war das Gefängnis. In einem Hinterzimmer des »Hotels Reich« mit separatem Eingang hatte sich kurz nach dem Krieg die Kommunistische Partei Österreichs etabliert. Der dort angestellte Kommunist befestigte über dem traurigen Idyll aus Abfalleimern und ausrangierten Wirtshausmöbeln ein rotes Transparent mit einer großen Aufschrift. Diese Aufschrift verblaßte mit der Zeit, entsprechend dem Verblassen des politischen Ansehens der Partei. Im konservativen Kitzbühel war den Kommunisten ohnedies kaum Bedeutung zugekommen. Nur meinen Großvater hatte es bestochen, daß als einzige

Zeitung Tirols die Zeitung der Kommunistischen Partei einen bösartigen Streich, den Frau Wanitschek der Familie Rosendorfer wieder einmal spielte, in einem kurzen Artikel würdigte. Mein Großvater bestellte daraufhin in schöner Großzügigkeit das Blatt auf ein Jahr. Das eine Exemplar mit dem Artikel gegen die Wanitschek verwahrte mein Großvater selbstverständlich in seinen Akten, rot umrandet, mit einem Berg anderen Materials von erdrükkenden, leider vom Gericht zu wenig gewürdigten Beweisen gegen die teuflische Wanitschek.

Die Frau Wanitschek sah übrigens in etwa aus wie Elly Ney: ein von unordentlichen, weißen Haaren umrahmtes Gesicht eines weiblichen Drachens ganz aus Seele. Schon allein deswegen habe ich Elly Ney mit ihrer vielen Luft zwischen den Tönen nie mögen.

Gegenüber der Geschäftsstelle der KPÖ war das Gefängnis. Im Krieg war der Vater eines meiner Klassenkameraden, des Pacher Eugen, der Gefängniswärter. Da im Dritten Reich die Gefängniswärter aus naheliegenden Gründen besonders zuverlässig und deshalb altgediente Parteigenossen sein mußten, verblieb der Vater vom Pacher Eugen nach dem Umsturz gleich im Gefängnis, als Insasse.

Das betreffende Haus gehörte der Frau Anni Bauer. Im Parterre des Hauses betrieb sie eine Altwarenhandlung. Zwischen alten Schrauben, alten Radioapparaten, alten Gürtelschließen standen in ihren weitläufigen Auslagen alte Schuhe, ein zerrissener Monteuranzug, alte Bilder, und alles bedeckt mit einer unsagbaren Schicht von Staub, die alle Farben erstickte, bis vielleicht auf ein leuchtendes Rot; das schimmerte hie und da wie getötet unter den grauen Spinnwebenfilzen hervor. Die Bezeichnung »Alt«-

warenhandlung war, wenn irgend angebracht, hier am Platz. Jeder Gegenstand, so kam es mir vor, der in diesen Laden hineingebracht wurde, hätte sich sofort in eine Antiquität verwandelt. Ich selber hätte nie diesen Laden betreten, ich hätte im Ernst befürchtet, augenblicklich in einen Greis, wenn nicht in ein Skelett verwandelt zu werden. Am 20. April 1945, dem letzten Geburtstag Hitlers, war sie die einzige, die noch – wie die Jahre vordem alle Geschäftsleute – ein Hitlerbild mit Lorbeer geschmückt in die Auslage stellte. Ich kann mich genau daran erinnern: es war rührend und makaber. Selbstverständlich hatte sich das Hitlerbild in eine alte, vergilbte, braune, auf steifen Karton aufgezogene Photographie in getriebenem Messingrahmen verwandelt, der Lorbeer war grau und staubig, der »Führer« unter dem halbblinden Glas kaum noch zu erkennen, eine bezeichnende Allegorie auf den 20. April 1945.

Ich vermute, daß Frau Anni Bauer diese Ovation nicht aus hartnäckiger Nazigesinnung darbrachte. Ich vermute eher, sie war nur über die Entwicklung der Dinge nicht auf dem laufenden, vielleicht verwandelten sich ihr auch die Zeitungen, die ihr Nachrichten überbringen hätten können, in Antiquitäten. Vielleicht noch mehr: vielleicht war es die Zeit selber, die alterte, wenn sie durch die matten Scheiben in den verstaubten Laden sickerte.

*

Kurz nach dieser Altwarenhandlung öffnet sich die Hinterstadt zu einem breiteren Platz (bis hierher war es auch immer noch etwas aufwärts gegangen, hier konnte ich, wenn ich mit dem Rad fuhr, wieder aufatmen), um den herum einige alte Bürgerhäuser stehen, schlichtere, einfachere, nicht so prächtige wie in der Vorderstadt. Links stand der Gasthof »Zur Sonne«, rechts das Haus des Metzgers Jenewein und danach eine Buchdruckerei, das Haus Kaaserer und die Sparkasse. Drei Häuser, die mit der Idee des Briefmarkenhändlers Janetzke, gratis ins Kino zu kommen, eng in Verbindung standen.

Im Haus Kaaserer wohnten zwei Brüder, die sich nicht leiden konnten. Der eine war Arzt, der andere Uhrmacher. Um schon äußerlich ihre Zwietracht zu manifestieren, hatte der eine seine Hälfte des Hauses rot, der andere blau gestrichen. Der Uhrmacher Kaaserer war ein etwas weltfremder Kauz. Er hatte ein merkwürdiges Steckenpferd: die Mammutknochen. Ich habe den Verdacht, daß sich die Bauern den Jux machten, ihm gelegentlich von komischen Sachen, die sie beim Umgraben gesehen hatten, dunkel vorzuschwafeln, um sich das Schauspiel zu verschaffen, dann prompt am nächsten Sonntag den Uhrmacher Kaaserer mit einem großen leeren Rucksack und einer Schaufel bis in die höchsten Ötzen hinaufrennen zu sehen, um dort vergeblich nach den Überresten des sibirischen Urelefanten zu suchen.

Der Uhrmacher Kaaserer war dem Aussehen und dem Wesen nach ein geborener Junggeselle. Dennoch heiratete er, allerdings nur, um seinem Bruder und dessen Sohn nicht seine Hälfte des Hauses hinterlassen zu müssen. Er zeugte einige rothaarige Kinder, aber sein wahres Herz hing zeit seines Lebens an den Mammutknochen, von denen er allerdings meines Wissens nie einen gefunden hat.

Unten, in der roten Hälfte des Hauses, hatte der Schneider Miedler seinen Laden, anschließend an die im Nebenhaus befindliche Druckerei. Ich kann mich erinnern, wie wir oft stundenlang vor den großen Fenstern zur ebenen Erde der Druckerei standen, durch die man die komplizierten Druckereimaschinen sah und hie und da, wie ein Geselle großformatige Todesanzeigen – sogenannte »Paterzettel«, die ein eigener Berufszweig, die »Paterzettelweiber«, hernach verteilten – Stück für Stück in die Presse legte. Wir warteten darauf, daß einmal die Hand des Gesellen in die Maschine geklemmt würde ... es ging immer um Haaresbreite, wir warteten atemlos vor den Scheiben, es ging um Haaresbreite, aber eingeklemmt hat er sich nie. Im Haus der Sparkasse war im ersten Stock das Kino, unter dem Kino das Kirchberger Tor. Diese drei – Kino, Miedler und die Druckerei – standen in einem, teils von Janetzke spekulierten, teils tatsächlichen Zusammenhang. Der Buchdrucker hatte nach dem Krieg die Idee gehabt, für Kitzbühel eine eigene Zeitung herauszugeben, den *Kitzbüheler Anzeiger*. Der *Kitzbüheler Anzeiger* erschien jeden Donnerstag, und die Artikel verfaßten – außer den Anzeigentexten, die von den jeweiligen Auftraggebern formuliert wurden – ein anonymer Angestellter im ersten Stock des Gemeindeamtes, der unter Aufopferung eigenen Nachruhms die Dekrete des Bürgermeisters über die bevorstehende Viehzählung und über die Pockenschutzimpfung in mehr oder weniger gutes, aber hinlänglich zweckmäßiges Deutsch kleidete, sowie der Redakteur Wörgötter, genannt »Marscht« (= Martin), ein Original von weitreichendem Ruf. Das wenige, was er an Essen brauchte, hieß es, trank er. Er redigierte in einem kleinen Laden in der Hinterstadt, dessen Schaufenster diskret bis zur Kopfeshöhe milchig gestrichen war. Hauptaufgabe des Redakteurs war allerdings, bei den Kitzbüheler Geschäftsleuten um Annoncen hausieren zu gehen und aus dem fertig gedruckten *Kitzbüheler Anzeiger*, der für den ganzen Bezirk bestimmt war, Pakete zu machen, damit er nach Jochberg, Erpfendorf, ja, bis Kössen und Söll im Leukenthal verschickt werden konnte. Nebenher verfaßte er die meisten aller Beiträge (außer den erwähnten gemeindeamtlichen): die Reportage über das Ranggel-Turnier (= Ringer-Turnier), bei dem der Champion, ein gewisser Goiser Hans, in froschgrünen langen Unterhosen aufgetreten war; den Bericht über das Jubiläums-Angeln des Anglervereins von Aschau; den über die Einweihung des Glockenspiels auf dem Turm der Katharinenkirche mit einem eigens dafür komponierten Festmarsch aus der Feder der in Kitzbühel lebenden Komponistin Maria Hofer; den über die Verleihung des Ehrenringes der Stadt Kitzbühel an besagte Dame in Ansehung des erwähnten Verdienstes und den über die Taufe des zehnten Kindes des Tageslöhners Nothdurfter (ich versichere ausdrücklich, diesen Kalauer nicht erfunden zu haben), bei dem der Bundespräsident Pate stand. Nur sehr selten stammte ein Leitartikel des *Kitzbüheler Anzeigers* vom Pfarrer oder vom Bürgermeister. Meist las man einen solchen Artikel als Vorboten einer Haussammelaktion für die Fresken in der Pfarrkirche oder für das Neonlicht unter dem Kinobogen. Auch besonderen Jubilaren, etwa dem Metzger Fuchs zu seinem siebzigsten Geburtstag, wurde es gestattet, zur Feder zu greifen und seine gedrängten Denkwürdigkeiten zwei oder drei Spalten des *Kitzbüheler Anzeigers* anzuvertrauen.

Nie aber fehlte eines: ein Gedicht des Schneiders Miedler. In langen Strophen beschrieb der Schneider Miedler die Schönheit Kitzbühels unter völligem Verzicht auf metrische Gebundenheit. Er hatte nie etwas von Versmaß ge-

hört, deswegen waren seine Verszeilen in ein und demselben Gedicht lang wie ein Wurm, der sich über zwei Zeilen (mit Richtungsklammern versehen) hinkrümmte, oder so kurz, daß der Höflichkeit wegen ein »ach« gerade noch vor der Reimsilbe den Absatz rechtfertigte. Von Rhythmus war also keine Rede. Der Reim war meistens eine Art Vexierrätsel, das oft ungelöst blieb, weil man nicht herausfand, ob sich Laub auf Kraut und Leib auf Kreuz oder Laub auf Leib und Kraut auf Kreuz reimte in dem Gedichte des Schneiders Miedler.
Später ergriff den Schneider Miedler der galoppierende Größenwahn. Als einmal zufällig der Herzog von Windsor in seine Werkstatt kam, um ein Taschenfutter auswechseln zu lassen, bezeichnete er von diesem Zeitpunkt ab die Ski- oder Keilhose als seine Erfindung und zog mit dem Herzog-von-Windsor-Bild umfangreiche Reklamefeldzüge auf. So fuhr er mit einem Auto mit einem kleinen Anhänger durch die Stadt, auf dem eine halbe Schaufensterpuppe in einer Skihose befestigt war. Überall in der Stadt klebte er Pfeile mit der Aufschrift: »Zu Miedler, dem Erfinder der Skihose, die auch der Herzog von Windsor ...« etc., und sogar in der Nacht hatte er seine kleine Auslage beleuchtet – unerhört, damals. Er erzielte, solange die Fremden im Winter da waren, tatsächlich gute Umsätze, die steckte er aber, seinem Größenwahn folgend, in immer neue und kostspieligere Reklame. So drehte er schließlich einen aufwendigen Farbwerbefilm, in dem die Zierfuß Anni und die junge Gemüseverkäuferin vom Obernauer gezeigt wurden, wie sie in Miedler-Hosen auf dem Stadtplatz und am Hahnenkamm hin- und herspazierten. Den Farbfilm begleiteten musikalisch das Jodl-Duo Praxmayr und dann selbstverständlich ein Gedicht

aus der eigenen lyrischen Produktion des Meisters Miedler, das ihn insofern von einer neuen Seite zeigte, als er es selber in gepflegtem Kitzbüheler Hochdeutsch rezitierte. Es war ein schöner Zug seiner Menschlichkeit, daß ihn seine steigende kommerzielle Bedeutung nicht hindern konnte, den *Kitzbüheler Anzeiger* nach wie vor mit Gedichten zu versorgen. Erst als er durch die enormen Kosten des Werbefilms und das Aufkommen der Lastex-Skihosen fallierte, war er nicht nur finanziell, sondern auch lyrisch gebrochen, und dieser Quell Kitzbüheler Poesie versiegte.

Das Kino in Kitzbühel befand sich, wie gesagt, im ersten Stock des Sparkassa-Gebäudes, unmittelbar über dem Kirchberger Tor. Dieses Tor war ein langes, gedrücktes, finsteres und gewölbtes Loch, in dem sich jedes geflüsterte Wort zum Donnern vervielfachte. Die Kitzbüheler Stadtmusik veranstaltete nach jedem Platzkonzert einen kleinen Umzug durch die Stadt, den ein Marsch durch dieses Tor krönte. Selbstverständlich setzte die Musik allen ihren Ehrgeiz darein, in diesem Loch besonders laut zu spielen, so daß der Pauken- und Trompetenschall zu tausendfachem Dröhnen wie zum dies irae anschwoll. Gerade bei einer besonders innigen Szene des Films *Erzherzog Johanns große Liebe* – der Erzherzog in Form O. W. Fischers war gerade in einem Einbaum mit wehendem Mantel über den nächtlich gewittrigen Alt-Ausseer-See gerudert, dann auf schnaubendem Pferd zur Postmeisterin geritten und hatte sich, selber noch verhalten schnaubend, über die kranke, sanft schlafende Postmeisterstochter Anna Plochel gebeugt, ... mit zarter Hand schob der Erzherzog Johann den Bettschleier beiseite, ein Cellosolo gurgelte auf – da donnerte unter dem Kino mit dem Getöse des Jüngsten Gerichts die Stadtmusik durch das Tor, daß die ergriffenen Besucher oben aus den Klappsitzen hob. So ging es in der Spätvorstellung, die das Ende der wöchentlichen Platzkonzerte zeitlich überlagerte, immer. Wir allerdings kamen erst spät in diesen kombinierten Genuß (die beschriebene Szene beim *Erzherzog Johann* habe ich erst nach Jahren erlebt), denn für uns Kinder waren alle Filme der Spätvorstellung und leider auch fast alle der vorhergehenden Vorstellung verboten. Einmal, noch unterm Krieg, hieß es aber, wir werden von der Hitler-Jugend aus ins Kino geführt. Es war natürlich eine riesige Freude überall, einen Film eigens für uns; statt dem langweiligen Appell ins Kino ... es waren auf einmal so viel Hitler-Jungen da wie sonst nie, und truppenweise wurden wir in die Reihen geschleust. Es wurde eine der herbsten Enttäuschungen meiner Jugend. Zunächst hielt der Jugend-Sturmbannführer von Kitzbühel eine Rede. Er sprach vom Führer, vom Endsieg, vom Glauben an beide und ermahnte uns endlich, treu zum Großdeutschen Reich zu stehen und während der Vorstellung nicht mit den Sitzen zu klappern. Dann kam ein Vorfilm. Er handelte von Friesen, die in hohen Wagen über endlose Ebenen irgendwohin und dann nach langen Beratungen an Lagerfeuern mit anderen Friesen wieder dorthin zurückzogen, wo sie hergekommen waren. Der Vorfilm hörte nicht und nicht auf, immer neue Friesen und neue Komplikationen traten auf, die die Friesen verhinderten, irgendwohin oder irgendwoher zu ziehen, immer ging die Sonne unter, immer zog ein Gewitter auf, immer schauten zwischendrin Friesenmütter kleine Friesenkinder an und umgekehrt. Nach zwei Stunden war der Vorfilm aus ... es war der Hauptfilm gewesen. Nicht einmal eine Wochenschau, räsonnierte ich damals, hatten wir gesehen, nur Friesen. Es wäre uns fast ein Appell weniger langweilig gewesen.

Ein anderes Mal aber durfte ich das erregende Abenteuer genießen, einer Erwachsenen-Abendvorstellung beizuwohnen, auch das allerdings nicht zu einem Film, sondern bei Gelegenheit eines Varietés. Die Leinwand des Kinos konnte nämlich hochgezogen werden, dann kam eine kleine Bühne zum Vorschein. So war bei der Preisverteilung an Janetzkes Sohn verfahren worden, und so geschah es auch – viel früher allerdings, ebenfalls noch während des Krieges – für ein Wander-Varieté. Da meine Großmutter bei Filmen grundsätzlich einschlief, beschloß die ganze Familie, einer meiner Onkel war gerade auch auf Urlaub daheim, dieses Varieté zu besuchen, bei dem die Chance bestand, daß die Großmutter vielleicht wach blieb. Um mich nicht allein daheimlassen zu müssen, wurde für mich eine Ausnahme vom damals sehr streng gehandhabten Jugendschutzgesetz erwirkt. Meine Großmutter hatte für sich und die ihren selbstredend den besten Platz reservieren lassen: Balkon erste Reihe. Dort saß dann am Abend auch ich, als die Vorstellung begann: ein Zauberer kam und zeigte Kartentricks vor, die man auf die Ferne nicht erkennen konnte, ein Komiker sang »I waas a klaanes Wegerl im Helental«, die einzige Attraktion, die einigermaßen das Jugendverbot gerechtfertigt hätte, war eine betagte Tänzerin, die plötzlich bei verdunkelter Bühne in einem knielangen Trikot und mit einem blauen Schleier aus der Kulisse sprang. Diese Tänzerin veranlaßte nach der Vorstellung meinen Großvater zu der Überlegung, daß in Kriegszeiten eben nicht nur die Butter und Brot, sondern auch die Tänzerinnen rationiert werden. Die guten, jungen und schönen Tänzerinnen räsonnierte er, die werden wohl für die Bonzen reserviert.

*

Und dann führte mich mein Schulweg durch das besagte Tor, das wir auch nicht eben schweigend passierten – versteht sich. Mein Schulweg war an diesem Punkt fast schon zu Ende ...

Es kam noch, hinter dem Tor, ein großer, schmutziger Platz, der einerseits von der Straße, an den drei anderen Seiten bis auf einen schmalen Durchlaß von den Hinterfronten des »Restaurants Sudhaus« – so genannt, weil es ehemals die Kitzbüheler Brauerei gewesen war – und des dazugehörigen »Sporthotels« gebildet war. Über den schmalen Durchlaß führte ein überdachter Gang in Höhe des ersten Stocks vom »Sudhaus« ins »Sporthotel«. Einmal warfen wir dort vor Übermut unsere Mützen hoch in die Luft, und ausgerechnet meine blieb an einem Vorsprung am Dach dieses Über-Ganges hängen. Kein Baum, keine Leiter war in der Umgebung, die mir die Möglichkeit geboten hätte, die Mütze wiederzuholen. Als ich ohne Mütze heimkam, versuchte ich diesen Umstand zunächst zu vertuschen, aber meine Großmutter bemerkte es selbstredend doch, und ich mußte gestehen, daß sie mir »aufs Dach vom ›Sporthotel‹ *gefallen*« war. Meine Großmutter mußte so über diese meine Formulierung lachen, daß sie jede Zurechtweisung vergaß, telephonisch mit der Direktion des »Sporthotels« in Verbindung trat und dann den Lehrbuben Gustl hinaufschickte, der von innen, vom überdachten Gang aus, die Mütze vom Dach herunterholen mußte.

Nach diesem Durchlaß, der letzten Station vor dem Schulhaus und schon in seinem Angesicht, stand rechter Hand eine kleine Villa, die irgendwie zum »Sporthotel« gehörte, und in der die besseren Franzosenkinder ihre Schule hatten. (Die minderen Franzosenkinder hatten, soviel ich mich erinnere, überhaupt keine Schule, leider. Wir hätten ihnen gern die unsere überlassen.) In der Franzosenschule unterrichtete Herr Innerbauer, der bei uns Französisch gab, Deutsch. Herr Innerbauer war eigentlich kein Lehrer, er gab sich nur als solcher aus und wurde, da kein weiterer Prätendent bei der Einführung des Faches Französisch auftrat, von der Schulleitung, das heißt: von Herrn Direktor Kahler als solcher akzeptiert.
Herr Direktor Kahler war selber auch ein ähnliches Phänomen. Er war Schuldirektor und, nach dem Krieg, Major a. D. Nach einem Jahr, mitten in einem staatlichen Zustand Österreichs, der nicht an Militär denken ließ, wurde Herr Major a. D. Kahler über Nacht zum Oberstleutnant a. D. befördert, was durch Rundschreiben an alle Schüler der Hauptschule bekanntgegeben wurde, die dann klassenweise zur Gratulation antreten mußten. Diese ans Mystische grenzende Beförderung darf in Österreich nicht verwundern. Es gibt in dieser Republik Hofräte, und der erste Bundespräsident hat noch geadelt; freilich unwillentlich, denn er hatte die Unterschriftenmappe des Kaisers übernommen, und dort war noch ein vorbereitetes, vom Kaiser nicht mehr unterfertigtes Adelsdiplom versehentlich zurückgeblieben.
Herr Innerbauer, mit Vornamen Eduard, übernahm also im Herbst 1945 nach dem unrühmlichen Ende der Essener Oberschule den Französisch-Unterricht in der wiederrichteten Hauptschule von Kitzbühel. Im übrigen war

der Fremdsprachen-Unterricht fakultativ, und außerdem konnte man zwischen Englisch und Französisch wählen. Weil diese zweite Möglichkeit neu war und weil ich außerdem im Englischen bereits privat bei Fräulein Mary Doll unterrichtet wurde, meldete ich mich mit vielen anderen fürs Französische beim Herrn Innerbauer. Es waren zwar viele Schüler, aber immerhin nicht genug, um zwei Klassen zu bilden, so daß – ein Unikum an der Kitzbüheler Hauptschule und ich vermute: nach Überwindung schwerster sittlicher Bedenken – eine aus Mädchen und Buben gemischte Klasse gebildet wurde.
Wie zu erwarten, wurde den Buben dieser Sonder-Französisch-Klasse der Unterricht sehr bald zu langweilig, außerdem mußte man immer noch eine Stunde in der Schule bleiben, wenn die anderen schon auf ihren Fahrrädern frei und ledig in den lauen Herbstnachmittagen waghalsige Rennen durch die enge Stadt veranstalteten. So meldeten sich – der Unterricht war ja fakultativ – nach den ersten Stunden die Knaben der Klasse rudelweise ab. Herr Innerbauer schaute zwar böse, aber er schaute immer nur das Rudel der sich Abmeldenden an, und so brauchte sich keiner davon einzeln betroffen zu fühlen. Wie immer – wie beim Eislaufen etwa – war ich auch beim Abmelden vom Französisch, das mir nicht weniger langweilig war als den anderen, zu spät dran. Bevor ich überlegt hatte, waren schon alle Buben des Kurses, außer drei, ausgeschieden. Im Kurs blieben der Rothbacher Peter, der Neffe des Photographen, der der Schule gegenüber wohnte, ein Flüchtling aus Wetzlar namens Schwertlein und ich und außerdem eine Herde von Mädchen. Nachdem der Schüler Schwertlein deswegen ausschied, weil er mit seinen Eltern nach Wetzlar zurückkehren konnte, waren wir nur mehr

zwei, und an ein rudelweises Abmelden war nicht mehr zu denken. Ich war das Schuljahr über beschäftigt, den Rothbacher Peter davon abzuhalten, ohne Abmeldung einfach dem Unterricht fernzubleiben. (Welche Methode ich nie anzuwenden gewagt hätte, was mir auch nichts geholfen hätte, weil sowohl Herr Innerbauer als auch der Direktor und Major bzw. Oberstleutnant a. D. Kohler ihre Bettwäsche bei meiner Großmutter kauften, wodurch eventuelle Klagen sofort zu ihrer Kenntnis gekommen wären.) Ich konnte Rothbacher Peter tatsächlich lange Zeit dazu bewegen, weiter am Französischkurs teilzunehmen und die merkwürdige pädagogische Art des Herrn Innerbauer auszuhalten. Herr Innerbauer war, wie gesagt, kein Lehrer, war zwar gutmeinend aber jähzornig und schlecht war sein Unterricht nicht. Er hatte aber eine schreckliche Angewohnheit: das – wie man in Tirol sagt – Geißg'schau. Er verstummte plötzlich mitten im Satz, blickte für Minuten lächelnd irgendwohin, zufällig auch hie und da auf einen Schüler, der sich, so minutenlang stumm vom Lehrer fixiert, in Qualen wand, denn man wußte nie: war es eben das Geißg'schau oder überlegte er, welche Konjugation er einen abfragen wollte.
Im Laufe des Jahres hatten wir allerdings als geringe Entschädigung die Gelegenheit, die besagte Villa mit den besseren Franzosenkindern zu besuchen und gegen Ende des Schuljahres mit eben diesen Franzosenkindern, Herrn Innerbauer und einer französischen Lehrerin einen Ausflug auf den Steuerberg zu machen. Dort, wie schon erwähnt, wohnten meine anderen Großeltern, und ich kannte dort alle Wege und Stege ausgezeichnet. Es war ein großer Triumph, daß ich die ganze Französisch- und die Franzosenklasse und die französische Lehrerin und Herrn

Innerbauer über eine von mir hartnäckig behauptete, tatsächlich vorhandene, aber über schwierigstes Gelände, bergauf, bergab durch Sümpfe und Unterholz führende Abkürzung hetzen konnte.
Im nächsten Schuljahr brauchte ich mich dann nicht mehr vom Französischunterricht abzumelden, ich unterließ es lediglich mich anzumelden, und war dieser Bürde dann wieder ledig. Herr Innerbauer unterrichtete dann nur mehr Mädchen, und es war mir höchst peinlich und verschlug mir immer die Rede, wenn ich Herrn Innerbauer im Schulhaus begegnete und er mich vertraulich, quasi kollegial mit Comment allez-vous? anredete.

*

Der Schulweg ist zu Ende. Nach der Villa mit den Franzosenkindern öffnete sich ein großer Platz, auf dem nur zwei Häuser standen: rechts das große, massige Schulhaus mit den vielen winzigen Schülern, links das winzige Haus des hünenhaft großen Photographen Rothbacher, Onkel meines Leidensgefährten im Französischunterricht des Herrn Innerbauer.
Es ging noch hinüber über den Platz aus festgetretenem Sand, meistens war es höchste Zeit, meistens war der Platz im Eilschritt zu überqueren, dann drängten wir uns in das große, braune Tor hinein, allerdings und trotz aller Eile längst nicht so hastig, wie wir einige Stunden später wieder herausdrängten. Und es kommt mir jetzt merkwürdig vor: ich habe den Weg in die Schule beschrieben – dabei war der reziproke Weg nach Hause der viel erfreulichere …

Leicht chinesische Bäume
in der Toscana (1989)

Drittes Intermezzo

Winterliches Choas

Meine Großeltern hatten eine treue Kundschaft in Sankt Johann – zehn Kilometer von Kitzbühel entfernt –, den »Dampflwirt«, der sein ganzes Haus aus dem Geschäft meiner Großeltern einrichtete, soweit Kriegszeiten eine Einrichtung zuließen.
Weil nun eine Hand die andere wäscht, wurde eines Tages beschlossen, am Sonntag zu Mittag beim »Dampflwirt« ein großes Essen einzunehmen – ebenfalls, soweit es die Kriegszeiten zuließen. (Mit gutem Willen ließen sie erstaunlich viel zu in jenem geschützten Winkel des »Gaues Tirol-Vorarlberg«, erinnere ich mich deutlich, sowohl beim Einrichten als auch beim Essen, wie gesagt ... eine Hand wäscht die andere.)
Es war tiefer Winter, aber ein klarer Tag. Man fuhr ganz selbstverständlich mit dem Schlitten nach St. Johann. Es gab zwar die Eisenbahn, aber die war nicht oder kaum beheizt und unbequem. Außerdem erschienen so kurze Strekken meinen Großeltern für eine Eisenbahnfahrt unangemessen. Automobile gab es in ganz Kitzbühel kein halbes Dutzend: jeder der drei Ärzte hatte eins und vielleicht der Kreis-Ober-Nationalsozialist, von Taxi keine Rede.
Es wurde also für elf Uhr ein zweispänniger Schlitten vom Fuhrunternehmer Mariacher vors Haus bestellt.
Nach dem Frühstück und der Messe ergriff alle Beteiligten die Erregung. Meine Großmutter erkundigte sich am

Telephon, auch das wird einst märchenhaft sein: man drehte seitlich am Apparat an einer kleinen Kurbel; dann meldete sich das Fräulein vom Amt, meine Großmutter verlangte »Mariacher« – Telephonnummern gab es wohl, aber niemand belastete sein Gedächtnis damit – das Telephonfräulein sagte: »Ja, Frau Rosendorfer«, sie kannte alle an der Stimme, und nach einiger Zeit meldete sich dann jemand auf der anderen Seite: »Ja?« und meine Großmutter erkundigte sich, ob der Schlitten auch gewiß käme … ja, gewiß … pünktlich? … pünktlich … und so weiter.
Ich wurde in unzählige Pullover und Jacken gesteckt, in Mäntel und Übermäntel, bis ich so dick war, daß mein Onkel befürchtete, ich werde aus dem Schlitten rollen. Meine Großmutter zog alle drei Pelzmäntel dreimal an – einmal den schwarzen, einmal den braunen und einmal den grauen obenauf, je nach ihrem, oft minutenweise wechselnden Geschmack –, mein Großvater bürstete und kämmte sich sorgfältig, dem Dienstmädchen, einem ältlichen Fräulein mit Namen Elsa, wurden substantiierte Anweisungen über das Verhalten während der Abwesenheit gegeben (verschiedene von jedem), es ging gegen halb elf. Um halb elf war man theoretisch fertig, um elf nicht mehr. Die überflüssige halbe Stunde hatte zu erneuten Dispositionen verleitet, die dann wieder mehr als eine halbe Stunde in Anspruch nahmen. Es wurde doch noch einmal nachgeheizt, meine Großmutter zog doch den schwarzen Pelzmantel *über* den anderen an, ich mußte doch noch den Bleisoldaten ohne Kopf im Keller suchen, und so fort. Mein Großvater tobte: das sei doch ein Durcheinander, das reinste Choas. Ich weiß nicht, ob er aus Jux oder aus fremdwörtlicher Unkenntnis die Laute dieses seines Lieblingswortes verdrehte.

Gegen elf läutete es – »der Schlitten« – ich eilte zum Fenster. Auf dem breiten Trottoir vor dem Geschäft stand er. Mit gesenkten Köpfen, dampfenden Nüstern und stampfend standen die beiden Pferde und rieben die Hälse aneinander. Der Kutscher mit der Peitsche schaute herauf und schrie – was jeder sah –, daß er jetzt da wäre.
»Einen Moment noch.«
Der Kutscher wandte sich den Pferden zu, zupfte ihre Decken gerade, beschäftigte sich mit dem Schlitten. Heroben wurde abgesperrt, wieder aufgesperrt, weil drinnen der Schlüssel für die äußerste Tür liegengeblieben war ... doch nicht liegengeblieben, er steckte, wieder zugesperrt. Meine Großmutter überlegte, ob sie nicht doch den grauen Pelzmantel ... Das reinste Choas also. Geduldig stampften die Pferde in der klaren, ruhigen Kälte draußen, und der Kutscher rieb sich mit seinen grobwollenen Handschuhen das Gesicht.
Endlich war es soweit. Der Kutscher öffnete die spielerisch kleine, bauchige Tür am Schlitten, ließ die beiden kleinen Trittbretter herunter, mit vereinten Kräften wurde meine Großmutter in den Wagen geschoben. Mein Großvater – er hatte seinen dicksten Überzieher an, mit Bisamfellen durchaus gefüttert, so schwer, daß ich den Mantel nicht aufzuheben vermochte – setzte sich neben sie, beide in Fahrtrichtung. Wer sonst noch mitfuhr, weiß ich nicht mehr, mein Onkel und meine Tante vielleicht, vielleicht ein anderer Onkel, der gerade auf Urlaub aus dem Feld war. Es war jedenfalls eine ganze Gesellschaft, eine richtige Schlittenpartie.
Als alle saßen, wurden die Knie in grobe, große, gelbschwarz-karierte, rotgeränderte Decken gewickelt, eine andere Decke darüber gelegt und dann eine dritte. Pinzi

(das war ich) sollte eigentlich zwischen den Großeltern in wohliger Wärme wie in einem Nest sitzen. Ich tobte aber und schrie: ich wolle auf den Bock. »Gut, du gehst auf den Bock, aber nicht zu lang!« Meine Großmutter gab wieder Anweisungen, wie ich an dieser ausgesetzten Stelle richtig vor der Kälte geschützt werden mußte: eine Decke um den Körper gewickelt, unter den Achseln, eine über die Knie, eine über das ganze drüber.

Nach längerem Hin und Her, ob nichts vergessen wäre, wurde der Befehl zum Aufbruch gegeben.

Der Kutscher schnalzte mit der Peitsche, die Pferde zogen das Kreuz durch, scharrten mit den Hinterfüßen kräftig ein paar Mal im bretthartan Schnee der Straße und zogen dann mit einem Ruck, der alles durcheinanderschüttelte, den Schlitten vom Fleck. Einmal angezogen, glitten die Kufen – vorne hochaufgebogen wie das Geweih eines exotischen Widders – auf der verschneiten Straße dahin. Auf dem Trottoir vor dem Haus hatte eines der Pferde sein Siegel zurückgelassen: hellgoldgelben, dampfenden Haferextrakt, der kraft seiner Wärme leicht in den Schnee eingesunken war.

Es war kalt, aber kein Hauch bewegte die schwer mit Schnee beladenen, in der Wintersonne tausendfach blitzenden und glitzernden Fichten am Rand der damals noch fast unbebauten Straße von Kitzbühel nach Sankt Johann. Lautlos lag die Welt, das wahrhaft majestätische Massiv des Wilden Kaisers – wie das Totenmonument eines urweltlichen Herrschers – lag, deutlich sichtbar mit jeder Schrunde und Spitze, tieftaubenblau über dem verschneiten Land in der kristallklaren Luft des eisigen Wintermorgens... das sanft gebogene Kitzbüheler Horn, bis zum Gipfel mit Schnee bedeckt, goldglänzend die Sonnenseiten, feenblau die Schatten, darüber der hellblaue, fast zerbrechlich weiße, makellose Himmel. Wie tief die Welt verschneit war, konnte man an den sommers mannshohen Zaunpfosten entlang der Straße sehen, die jetzt nicht mehr als handbreit – schwarzbraun, mit einem hohen Gupf Schnee bedeckt – aus dem weithin unberührten, jungfräulichen, jede Unebenheit des Bodens nivellierenden Schnee ragten … das einzige Geräusch – es ist wirklich wie ein Märchen –, waren die Schellen an den Halftern der Pferde, die im Takt der trabenden Schritte in einem ausdauernden, fröhlichen, nicht zu langsamen aber dennoch geruhsamen Andante die Begleitung zur Fröhlichkeit der Schlittenpartie klingelten.

Im steten Trab, bald eine sanfte Kurve nach links, bald nach rechts, ging es voran. Die Ache wurde überquert: ein Eisbach, dessen Anblick schon ängstigt, wenn man sieht, wie sein grünes Wasser über dick gefrorene Steine und zwischen den ebenfalls dick mit poliertem Eis überkrusteten, wie gepanzerten Ufern dahinschoß. Die sichere Brücke mit dem tief verschneiten Geländer führte uns darüber.

Auf einer ungefährlichen, geraden Strecke erlaubte mir der Kutscher, die Zügel zu führen. Jauchzend, rotwangig vor Aufregung und Kälte, faßte ich die Zügel, schnalzte mit der Zunge, und während ich glaubte, wir flögen dahin im Flaum der verschneiten Welt, gefror mir der Rotz zwischen Nase und Mund, eine winterliche Herrlichkeit.

Wir näherten uns Oberndorf, einem kleinen Weiler auf der Hälfte des Weges. Die Bauern standen nach der Elf-Uhr-Messe in kleinen Gruppen vor der Kirche und redeten oder schickten sich an, zum »Kramerwirt« hineinzu-

gehen. Selbstverständlich übernahm hier der Kutscher wieder die Zügel, vielleicht durfte ich sie danach kurz einmal halten, dann war man bald in Sankt Johann.
Knirschend im harten, niedergetretenen Schnee der Straße vorm »Dampflwirt« hielt der Schlitten, die Schellen verklangen in einer Fermate, die in der Begrüßung des Wirtes unterging. Wir waren natürlich längst gemeldet, der Tisch war reserviert in der Extrastube, eine Magd legte eben noch einen Arm voll Buchenscheiter in den hohen, weißen, kuppelförmigen, mit grünen Warzen verzierten Ofen, der Duft des Harzes der im Feuer krachenden Scheiter durchzog fein und wohlig die alte Holztäfelung des Raumes ... während sich schon der Duft der Leberknödelsuppe hereinschlängelte.
Stühle wurden gerückt, der Wirt rieb sich die Hände, unzählige Mäntel wurden abgelegt, der Kutscher spannte draußen die Pferde aus. Sie kamen in den Stall zu den Sankt Johanner Kollegen, er in die Küche, wo er wohl den Mägden in die Schenkel zwickte und darüber hinaus vereinbarungsgemäß verköstigt wurde.
Auf das Andante folgte nun das metallische Adagio der Messer und Gabeln über den Schnitzeln und Koteletten, über dem wacholderduftenden Kraut, über den knusprigen Kartoffeln, über den faustgroßen Knödeln, mit brauner Butter übergossen, aus denen die roten Speckbröcklein lugten, über der Leber in Rahmsauce für meine Großmutter – ihr Leibgericht – und über die gedünstete Zunge und den aufgeplatzten, leicht angerösteten Bratwürsten für meinen Großvater, hie und da unterbrochen durch das Klingen der kleinen, bauchigen Weingläser, aus denen die Herren der Partie Roten, die Damen und dazu ich Glühwein tranken: Rotwein, mit Nelken, etwas Zucker und Zi-

tronenschalen versetzt, siedend in einem Kupferkessel an den Tisch gebracht und hier angezündet, daß eine kaum sichtbare bläuliche Flamme hochaufzüngelte, der dann mit Messingkellen in die Gläser geschöpft wurde.

Nicht nur die eisige, kristallene Kälte des Wintersonntags mit seinem metertiefen Schnee, die Feindlichkeiten des Lebens überhaupt, die Zeit, das ganze Choas draußen verwich vor der behaglichen, scheiterknisternden, bratenduftenden Genüßlichkeit des getäfelten Raumes.

Es kam dann noch Kaffee, kostbarer Bohnenkaffee (»von bloß Kern«, wie ihn meine Großmutter zum Unterschied vom Ersatzkaffee nannte), Streuselkuchen und meterlange, goldbraune, fetttriefende Strauben und für die Erwachsenen kleine Gläschen mit glasklarem, ölgelbem Obstschnaps, schwarzgebrannt ohne Zweifel, der so scharf war, daß man überhaupt nichts schmeckte, bis nicht seine wohltätige Wirkung vom Magen aus ihre tausend seligen Arme in alle Teile des Köders reckte, was auch ich merkte, als ich ein klein wenig am Gläschen meiner Großmutter nippte.

Der Wirt setzte sich, nachdem die Kompanie der Mägde die leeren Schüsseln und Teller abgeräumt hatten, ein wenig zu uns, es wurde über allerhand gesprochen, was mich nicht interessierte. Ich schaute derweil eine illustrierte Zeitung an, und der Wirt hielt einen langen Pechspan in die nachgerade höllische Glut des Ofens und zündete damit seine Deckelpfeife und meinem Großvater und meinen Onkeln eine Zigarre an, so daß dieser weltliche Weihrauch den entschwindenden Geruch des Essens ersetzte.

Als es dämmerte – dort im tiefen Winter um drei Uhr – wurde dem Kutscher geheißen, die Pferde wieder anzuspannen. Es wurde selbstverständlich nicht bezahlt, sondern mit irgendwelchen Tuchentbezügen und Leintüchern verrechnet. Dann kam der Aufbruch.

Die nächtliche Luft schlug uns wie ein rauhes Tuch unter der gedrungenen Tür des Gasthauses entgegen. Freiwillig verzichtete ich jetzt auf den Platz am Bock und setzte mich zwischen meine Großeltern. Wieder zogen die Pferde mit einem Ruck, der alles schüttelte, den Schlitten an. Der Wirt und die Wirtin verabschiedeten sich laut und gestikulierend, wir winkten zurück.

Die Dämmerung, und bald die Nacht, verzauberte die Landschaft vollends. Tiefblau zogen sich die langen Schatten, die die schwarzen Fichten im vollen Mondlicht warfen, über die schweigend verschneiten Felder. Von den Höfen blitzten die rötlichen Lichter der kleinen erleuchteten Fenster, die fast vom Schnee erstickt schienen. Der dampfende Atem der Pferde war nicht mehr zu sehen, das Klingeln der Schellen weckte hie und da die Krähen in den Fichten, die sich schreiend erhoben und hinter uns sich wieder in die Zweige setzten, die jedesmal einen Berg ihrer Last an Schnee polternd entluden.

Die – obwohl verschneit – tiefschwarzen Berge hoben sich in einem Panorama von Silhouetten vom unendlich tief-schwarz-smaragdenen Himmel ab, und nichts, kein Hauch, kein Atem, nur die unendliche, eisige, glasharte und spröde Ruhe des mächtigen Winters schien um uns in dem jetzt eiligeren Schlitten – eingehüllt in Decken, satt und warm.

Als wir die Stadt erreichten, dämpften die ersten Häuser den Schritt der Pferde und das Klingeln der Schellen.

Daheim hatte Elsa das Feuer bewacht. Das ganze Haus war bald erleuchtet. Kälte und Schlitten hatten wieder hungrig gemacht, und während der Tisch gedeckt wurde,

hörte man draußen den Kutscher schnalzen, die Pferde ein letztes Mal anziehen und die Schellen der Geschirre, dieses liebliche Divertimento des Winters, wie er früher war, in die Nacht hinaus verklingen.
Alle waren zufrieden. Der Großvater rieb sich die Hände: »Kann die Welt nicht immer so friedlich sein? Muß der Hitler den Choas anzetteln?«
»Sei still,« sagte die Großmutter, »wenn dich die Wanitschek hört.«

*

Ein Winter-Märchen ... und das märchenhafteste davon ist, daß es dennoch alltäglich war. Kann man das heute einem Kind anders erzählen, als erzählte man ein Märchen? Bin ich schon so alt, daß eine ganze Welt versunken ist, seit ich ein Kind war? So einen Winter gibt es nicht mehr.

Elegische Stimmung um die Abitur-Zeit herum (1953)

Die Abituraufgabe im Fach »Zeichnen«. Note: 1

Viertes
Intermezzo

Das Herz des Ortsgruppenleiters

Das Mittagessen wurde um zwölf Uhr eingenommen, jeden Tag. Vor dem Krieg hatte es sogar einen wöchentlichen Speisenplan gegeben, der fast genau so streng eingehalten wurde wie die Stunde der Mahlzeit. Am Dienstag gab es Lunge mit Knödel, am Freitag, dem Fasttag, Kaiserschmarrn, am Sonntag Braten, meist Schweinernes mit Knödel und Salat. An die übrigen Tage kann ich mich nicht mehr erinnern. Der Krieg vereinfachte den Speisenplan. Manchmal blieb nichts anderes übrig, als daß am Sonntag meine Großmutter Kartoffeln briet. Wie gut es uns in jenem gesegneten und bis zuletzt ein wenig wie im Orkanauge ruhigen Landstrich im Vergleich zu anderen noch ging, zeigt, daß es zu den Bratkartoffeln nicht nur Salat, sondern für jeden ein Rührei gab. Mein Großvater, der dem Hitler immer schon mißtraut hatte, nannte die Sonntags-Bratkartoffeln »Führerschweinsbraten«.

»Halt den Mund, wenn dich die Wanitschek hört!«

Die Wanitschek wohnte über uns und trug das Mutterkreuz, das Parteiabzeichen, war Funktionärin des NS-Frauenvereins und sammelte für das Winterhilfswerk, allerdings nicht auf der Straße, sondern nur an der Tür, und auch das nur bei uns.

»Wieso?« sagte mein Großvater, »wieso nicht Führerschweinsbraten? Er ist doch Vegetarier, der Führer?«

Zu Abend gegessen wurde um sieben Uhr. Das Frühstück allein richtete sich nach den Gegebenheiten des einzelnen. Meine Großmutter, die an einem einzigen Tag ihres Lebens nicht um sechs Uhr in der Früh aufstand – das war viele Jahre später –, an dem Tag nämlich, an dem sie starb, meine Großmutter frühstückte in der dämmrigen Küche. Der Großvater nicht viel später. Ich durfte frühstücken, wann ich wollte, denn ich hatte Ferien, die in dem Jahr bis spät in den September hinein dauerten.
Eine vierte Mahlzeit war die Marend, sie gab es um vier Uhr nachmittags: für die Erwachsenen einen Milchkaffee, für mich einen Kakao. Auch der Duft des Marendkaffees nach Bohnen war längst nur noch Erinnerung. 1941 duftete der Marendkaffee nach »Marke Andreas Hofer« oder »Marke Franckh«. Aber ein Kipferl für jeden gab es doch. Es ging uns, an den Verhältnissen gemessen und an anderen, noch ganz gut. Das hing zum Teil damit zusammen, daß meine Großeltern einen Laden für Textilien hatten. In einer Großstadt wäre dieser Laden ein kleiner Kramerladen gewesen. In der kleinen bösen Stadt zwischen den hohen Bergen war der Laden ein »Kaufhaus«. Zwar durften die Textilien nur ganz streng nach Punkten und Bezugscheinen verkauft werden, aber es gab da ja immer Möglichkeiten, wenn auch nicht so einfache wie beim Pfarrer. Der Pfarrer radelte zum Viehsegnen zu den Bauern. Schlaff hing sein Rucksack, wenn er an unserem Haus vorbei zur Stadt hinaus radelte. Prall wäre zu viel gesagt, aber nicht mehr ganz schlaff hing er, wenn der Pfarrer abends zurückkam. Zur Vorsicht richtete er es so ein, daß er erst zurückkam, wenn es schon dunkel war, denn auch der Pfarrer wußte, daß die Mutterkreuzträgerin Wanitschek viel Zeit hatte – Winterhilfssammlungen waren nur

zwei- oder dreimal im Jahr – und gern beim Fenster hinausschaute.
Vor dem Krieg war die Wanitschek ein tätiges Mitglied der »Legion Mariens« gewesen. Der Pfarrer, erzählte man sich, habe sie einmal darauf angesprochen. Es sei zu einem unschönen Wortwechsel gekommen, vor allem, als der Pfarrer dann gefragt habe: »Ist Wanitschek ein germanischer Name?« Besonders seit diesem Vorfall achtete der Pfarrer darauf, daß es dunkel war, wenn er vom Viehsegnen wieder zurückradelte, denn es gab keine andere Straße außer der an unserem Haus vorbei. Es wurde aber früh dunkel. Dem Haus gegenüber zog sich ein Abhang hin, der ganz hinauf mit großen, düsteren Fichten bewaldet war, die schon bald im Herbst lange Schatten über die Straße warfen. Unzählige Krähen nisteten in den Fichten und flogen bei dem geringsten Geräusch auf, zu Hunderten, kreisten aufgeregt und krächzend über den Wipfeln, bis sie sich nach einiger Zeit wieder beruhigten.
Gegen Ende September war es um die Marendzeit um vier Uhr schon dämmrig. Die Wanitschek konnte nicht mehr sehen, wie prall der Rucksack des Pfarrers war. Außerdem war Frau Wanitscheks Schwiegersohn der Luftschutzwart und achtete darauf, daß eine Mutterkreuzträgerin bei der Verdunkelung mit gutem Beispiel voranging.
Die Essensgewohnheiten konnte der Krieg beeinflussen. Andere Gewohnheiten waren unabhängig von den Zeitläufen. Meine Großmutter stammte aus einem der hintersten Täler des Landes, wo man in ihrer Jugend noch Respekt vor den Dämonen hatte, die in den Nebelnächten über die Hochalmen johlen. Fachleute vertreten die Meinung, daß in jenen hintersten Tälern Reste der Kelten die Jahrhunderte überdauert haben. Die Kelten sind aber-

gläubisch, und das Maß, in dem meine Großmutter abergläubisch war, wäre ein Indiz für die Richtigkeit der genannten Meinung. Sie litt daneben auch an Hühneraugen. Einmal im Monat kam deshalb der Hühneraugen-Operateur ins Haus, ein Angehöriger eines wohl inzwischen ausgestorbenen Berufs. Die Großmutter zog Schuhe und Strümpfe aus. Ich wurde hinausgeschickt. Die Dienstleistung des Hühneraugen-Operateurs war nicht durch Bewirtschaftung und Bezugsschein eingeengt, man konnte sie, auch im Krieg, in Anspruch nehmen, wann man wollte. Das galt auch für die andere Gewohnheit meiner Großmutter: die Wahrsagerin kam auch im Monat einmal ins Haus. Meine Großmutter legte zwar selber Karten, hatte etwas in Kaffeesatz und Handlesen dilettiert, aber die Wahrsagerin war eben etwas professioneller.

Wenn die Wahrsagerin kam – eine für die damaligen Verhältnisse sehr smart gekleidete, eher junge Frau –, ging es noch geheimnisvoller zu als beim Hühneraugen-Operateur. Ich habe Grund zu vermuten, daß die Wahrsagerin 1941 bereits Dinge gewußt hat – was Wunder bei einer Wahrsagerin –, die sich 1945 bewahrheiteten, denn auch die Wahrsagerin bevorzugte die Dunkelheit beim Kommen und Gehen und vermied es, der NS-Frauenschaftsführerin Wanitschek zu begegnen.

Wie die Wahrsagerin und der Hühneraugen-Operateur zu meiner Großmutter, so kam zu meinem Großvater der Friseur Nowak. Er kam einmal in der Woche. Der Friseur Nowak war ein kleiner, dürrer Mann in abgewetzten Kleidern. Ein ganz ferner Schimmer von dem, was sich mit dem Wort Barbier und Figaro verbindet, umleuchtete ihn. Seine spärlichen Haare waren altmodisch mit Pomade angeklebt. Es ging ihm nicht gut. Das Gewerbe des herum-

ziehenden Friseurs war damals schon im Aussterben begriffen. Vielleicht war Nowak der letzte. Laden hatte er keinen. Er schleppte einen alten Koffer mit seinen Scheren, Kämmen und Bürsten mit sich. Bei seiner Tätigkeit ging es nicht geheimnisvoll zu. Er schnitt auch mir die Haare. Aber in erster Linie kam er, um den Großvater zu rasieren. Ich sehe die Prozedur noch vor mir. Mit dem Figaroschwung, der ihm vor Jahrzehnten eingebleut worden war – vielleicht im »Bristol« in Meran oder im »Grand Hotel Pupp« in Karlsbad – warf er meinem Großvater das Barbiertuch um den Hals, rührte die Seife an, schwang den Pinsel, strich das Messer mit weggestrecktem kleinen Finger. Aber es waren nur noch Gesten. Der Schwung war brüchig. Dem alten Mann ging es schlecht. Die Friseur-Salons zogen die Kundschaft an sich, auch in der kleinen, bösen Stadt zwischen den Bergen. Dabei blitzten alle Instrumente Nowaks, der Spiegel im Innern des Kofferdeckels, obwohl er an den Ecken schon blind war, die Scheren und Messer, dünn vom vielen Wetzen. Der Friseur Nowak konnte zu jeder Tageszeit kommen, er brauchte die Dämmerung nicht zu suchen, und doch hatte gerade er etwas zu verbergen, etwas Entscheidendes.
In Tirol gab es nie viel Juden. Der Brockhaus für das Jahr 1900 verzeichnet 1008 »Israeliten« bei einer Bevölkerung von knapp unter einer Million. 1941 waren es sicher eher weniger. Und Nowak ist kein jüdischer Name, aber vielleicht war seine Mutter eine Jüdin, das genügte ja.
Ende September stand der alte Mann vor der Tür mit seinem Koffer. Auf die Jacke war ein Judenstern genäht. Und neben dem Judenstern, in gleicher Höhe, direkt neben dem gelben Stern, hing die Kaiserjägermedaille.
Ob er noch rasieren dürfe? fragte er.

Mein Großvater ließ ihn herein. Ich weiß noch genau, daß er ihm diesmal fünf Mark Trinkgeld gab, weit mehr als das Entgelt. Nowak dankte mit einem tiefen Diener. Über den Judenstern wurde nicht gesprochen. Nur als sich Nowak verabschiedete, sagte er kopfschüttelnd: »Wo ich doch ein alter Kaiserjäger bin!«

Dieser bescheidene Protest des alten Mannes, die kleine Medaille neben dem Judenstern, mußte das Herz selbst des härtesten Antisemiten rühren. Es rührte in der Tat das Herz des Ortsgruppenleiters. Nach vierzehn Tagen konnte es der Ortsgruppenleiter nicht mehr mit ansehen. Er verbot Nowak, die Kaiserjägermedaille zu tragen.

Als ich in den nächsten Ferien zu meinen Großeltern kam, war Nowak nicht mehr da.

Constantia, meine ältere Tochter (1962)

Fünftes Intermezzo

Fritz Rosl
oder
Die Versündigung an der Weltliteratur

Von einer Dichterlesung spricht man, wenn eine Person einem beschränkten oder unbeschränkten Kreis Dritter entgeltlich oder gratis aus vielen, dünnen, zerknitterten, mit engen Schreibmaschinenzeilen beschriebenen Blättern etwas vorliest.
Meine erste Dichterlesung habe ich gegen Ende des Krieges in Kitzbühel erlebt. Ich war damals zehn oder elf Jahre alt und lebte, getrennt von meiner Mutter und meinen Geschwistern (mein Vater war im Krieg gefallen), bei meinen Großeltern.
Kitzbühel war damals als mitten im »Reichsluftschutzkeller« der österreichischen Alpen gelegen, der Sammelpunkt einer schillernden Gesellschaft. Diplomaten, die in Balkanländern akkreditiert gewesen waren, lebten hier, Spione beider Seiten, vertriebene Balkanfürsten und deren Minister, deutsche Generäle, die von fernen Befehlshauptquartieren bereits zum Tode verurteilt oder zu Marschällen befördert waren, ohne dies zu ahnen – eine Folge der ständig unterbrochenen Nachrichtenverbindungen –, alles auf Durchgangsstation, alles auf der Flucht irgendwohin, alle mit viel Geld, das aber nichts mehr wert war. In den vielen großen Hotels der kleinen Stadt sammelten sich

eilige, finstere und ernste Verfechter verschiedenster Pläne: die Räterepublik Österreich wurde konzipiert, ein Erzherzog bereitete die Wiedererrichtung der Donaumonarchie vor, ein General schrieb Todesurteile im »Hotel Klausner«, Agenten machten Stimmung für den Anschluß Tirols an die USA; ganz allgemein wurde gemunkelt, daß der Erzbischof Rohracher von Salzburg die Regierung eines neu zu gründenden Alpenstaates übernehmen werde. Noch befehligte der Kreisleiter, wenn auch bereits vorsichtig. Schon hob der Kommunist Üblhör wieder das Haupt und bekannte offen, daß er einer der (laut amtlicher Statistik: elf) gewesen sei, die achtunddreißig gegen den »Anschluß« gestimmt hatten. Während schon Tag und Nacht die deutsche Armee aus Italien kaum noch geordnet über den Paß Thurn herunter nach Norden fuhr, Holzgaswagen um Holzgaswagen, stellte der Standortkommandant von Kitzbühel, ein Major mit einem Bein, eine Schützenkompanie zur Verteidigung des Führers und der Schwarzer-Bruck auf. Nur einer folgte diesem Befehl mit Begeisterung: der von uns Kindern wegen seines Ganges so genannte Knieschieber-Toni. Er hatte infolge eines Christbaumbrandes in seiner Jugend Sprache und Verstand verloren und leitete seitdem das private Elektrizitätswerk (sowas gab es damals noch) des »Hotels Tiefenbrunner« im Handbetrieb. Aber ausgerechnet ihn stellte der Major – trotz des vorangegangenen, mit Vorbedacht an das »Letzte Aufgebot von anno neun« anknüpfenden Aufrufs – vom Standschützendienst als selbst jetzt noch untauglich zurück.
Zwischen all den merkwürdigen Figuren, die den großen, ungewissen Tag Null in Kitzbühel erhofften oder fürchteten, kam auch ein Dichter nach Kitzbühel. Aus irgend-

welchen – wohl eher materiellen – Gründen, die ich damals nicht durchschaute, für die ich mich auch nicht weiter interessierte, hatte mein Onkel (Leutnant in der Schützenkompanie des Majors) den Dichter auf der Straße aufgelesen und eingeladen. Ich erinnere daran, daß meine Großeltern ein Textilgeschäft in Kitzbühel hatten, zwar zu der Zeit nichts verkauften, aber mit Bauern in der Umgebung in so guter Geschäftsbeziehung standen, daß sie im Rahmen der damaligen Möglichkeiten und im Verborgenen ein relativ gut versorgtes Haus führen konnten. So wurde der hungrige Dichter, der meinem Onkel irgendwelche geheimen Dienste geleistet hatte, zu uns eingeladen. Er versprach, nach dem Essen etwas vorzulesen. Ich hatte zur damaligen Zeit noch nie einen Dichter gesehen und war deshalb aufs äußerste auf den Abend gespannt. Es wurde im Hause meiner Großeltern mit astronomischer Pünktlichkeit um zwölf Uhr zu Mittag und um sieben Uhr zu Abend gegessen. Da der Dichter, als solcher offenbar mit einem gewissen Zug zur Ungeniertheit in Fragen der Pünktlichkeit behaftet, eine Viertelstunde zu spät kam, bekam er keine Suppe mehr.

Das Abendessen wurde wie immer im sogenannten Speiszimmer eingenommen, im größten Zimmer des Hauses, das mir deswegen verhaßt war, weil darin das Klavier stand und weswegen dort die Klavierstunden stattfanden, die mir Herr Bakosch, ein geflohener Professor aus Breslau, wohl ebenso ungern erteilte, wie ich sie entgegennahm. Herr Bakosch redete mich stets mit einem falschen Vornamen an und litt unter heftigen Blähungen. Zu meinem großen Vergnügen floh Herr Bakosch nach einiger Zeit wieder in Richtung Westen, und zwar nach Bludenz, was wir deswegen erfuhren, weil er meinem Großvater

Friedrich Rosendorfer am *Josefi*tag eine Karte schrieb und ihm zum Namenstag gratulierte, ihn in der Adresse aber als *Hans* Rosendorfer bezeichnete.
Im Erker des Speiszimmers befand sich das Radio meines Großvaters. Es war nicht nur sein Stolz, sondern sein Lebensinhalt. Stets, seit er verheiratet war – und er hat sehr jung geheiratet –, stand er unter dem Regiment meiner Großmutter und hat seitdem nur drei Berufe ausgeübt. Der erste (noch vor dem ersten Weltkrieg und in Bozen) war der eines Weinreisenden. Er vertrat einige Überetscher Kellereigenossenschaften in den Kronländern Kärnten und Steiermark. Nicht nur, weil ihn durch die häufigen notwendigen Reisen meine Großmutter zu wenig unter Kontrolle hatte, sondern auch und vor allem, weil sie – mit Recht – befürchtete, daß dieser Beruf meinen Großvater ohne Umwege ins Delirium tremens führen würde, untersagte sie ihm bald die weitere Ausübung. Er wurde daraufhin Kellermeister der Pilsner Bierniederlage in Bozen. Die Tätigkeit kam ihm deshalb sehr gelegen, weil er – als leidenschaftlicher Kartenspieler – seine Aufgabe hauptsächlich darin sehen durfte, mit den Bierführern zu perlaggen. (Das ist eine komplizierte Tiroler Abart des Skat.) Meiner Großmutter war dieser Beruf angenehm, weil sie damals in St. Jakob bei Bozen eine Gastwirtschaft, den »Höllerhof«, betrieb, und durch meinen Großvater immer bevorzugt mit frischem Bier – im heißen Weinland Südtirol eine Spezialität – beliefert wurde. Außerdem erhielt mein Großvater soviel Freibier, daß seine sechs Kinder – darunter mein Vater – täglich eine Flasche Bier durch den Schnuller zu trinken bekommen konnten und nach dem Genuß einige Stunden nicht mehr störten. (Es hat ihnen übrigens nicht geschadet.)

Diese erfüllte Tätigkeit meines Großvaters unterbrach der erste Weltkrieg. Nach dem Ende ging mein Großvater zu einem anderen Beruf über. Südtirol wurde annektiert. Sowohl der Weinexport nach Kärnten und der Steiermark als auch der Bierimport aus Pilsen war vorerst gestört. Meinem Großvater eröffnete sich jedoch ein neues Tätigkeitsfeld beim Bozner Gericht. Er wurde gerichtlich beeideter Schätzmeister. Damals liquidierten nach und nach viele der kleinen Weinbauern auf Grund der Schikanen der Italiener. Bei den Versteigerungen mußte mein Großvater dann immer die Weinbestände schätzen. Nach einer besonders gelungenen Versteigerung kroch – es war damals Stadtgespräch in Bozen – das ganze Gericht, darunter selbstverständlich der Ger. Beeid. Schätzmeister Rosendorfer, auf allen vieren aus dem Zug aus Eppan. Als meiner Großmutter dies zu Ohren kam, war das Ende der forensischen Karriere meines Großvaters gekommen. Da aber inzwischen meine Großmutter sich in zwei für Bozen großen Geschäften und als Hauseigentümerin etabliert hatte, setzte sich mein Großvater im dreiunddreißigsten Jahr seines Alters zur Ruhe und lebte fortan dem Radio. Er kaufte sich den damals neuesten Apparat und drehte daran. Nicht, daß er das mindeste technische Interesse gehabt hätte, ihn faszinierte lediglich das Phänomen Radio.
Dieser Radioapparat von 1923 stand noch zu Kriegsende im Erker des erwähnten Speiszimmers und verkündete jetzt von Zeit zu Zeit die immer näher der Heimat erfochtenen Siege Hitlers. Der Radioapparat erlebte im Herbst 1945 einen späten Triumph: er wurde von einem französischen Besatzungssoldaten während einer kurzen Abwesenheit meines Großvaters beschlagnahmt und weg-

gebracht. Wie eine Löwin ihr Junges, war mein Großvater bereit, sein Radio zu verteidigen. Ernst, nicht eilig, aber ohne Zögern schritt er zur Ortskommandantur. Eine Stunde befürchteten wir – beim Jähzorn meines Großvaters – das Schlimmste. Nach einer Stunde brachte mein Großvater das Radio unterm Arm wieder mit. Wie er – man war damals der Besatzung gegenüber praktisch rechtlos – dies zuwege gebracht hatte, ist ein Rätsel. Stolz war er aber vor allem auf eins: als mein Großvater den betreffenden Raum auf der französischen Kommandantur betrat, standen dort alle beschlagnahmten Radioapparate aus ganz Kitzbühel, darunter die damals neuesten Modelle. Angeschlossen war aber *sein*, meines Großvaters Radio, und – wie mein Großvater erzählte – »schmetterte«.

Außer am Karfreitag (an welchem Tag jede Musik, auch getragene, im Hause meiner Großeltern verpönt war, und an welchem Tag ich nicht Klavier üben *durfte*) und außer während des Tischgebets vor den Mahlzeiten und zur Nachtzeit, spielte das Radio meines Großvaters praktisch ständig.

Aber nun kam die Dichterlesung. Daß der Dichter nicht bei eingeschaltetem Radio lesen könne (» – warum eigentlich nicht?« raunzte der Großvater vergeblich) war klar. Bereits vor dem Essen wurde es ausgeschaltet, obwohl, wie erwähnt, der Dichter noch gar nicht da war. Er erschien, als siebter am Tisch, um Viertel nach sieben. Die anderen sechs Personen waren außer mir: meine Großeltern, mein Onkel Fritz und meine Tante Adelheid mit ihrem Sohn, meinem Vetter Karl.

Nach dem Essen durfte auch Gustl herein, der in der Küche gefüttert worden war. Gustl war der Lehrling im

Geschäft meiner Großeltern. Er sollte eigentlich Holzfäller werden, hatte aber am ersten Tag seiner dortigen Lehrzeit in die Kreissäge gegriffen und drei Finger verloren, weswegen er nunmehr für den kaufmännischen Beruf bestimmt worden war. Ebenfalls nach dem Essen erschien der letzte Gast des Abends: Herr Tscherer. Er kam zwei- bis dreimal in der Woche, ohne daß er allerdings je seinerseits meine Großeltern eingeladen hätte. Er war – wie wir auch – aus Südtirol nach Kitzbühel gekommen. Er war Friseur, ein Mann mit einem großen, fleischigen Gesicht, war kahl und hatte stets düstere Prognosen für die Weltlage. Er vermochte – während er Malzkaffee trank, auf dem, so liebte er es, viel Milchhaut schwamm – seine politischen Kassandra-Ansichten so überzeugend darzustellen, daß meine Großmutter nach jedem Besuch des Herrn Tscherer in Tränen ausbrach. Mein Großvater jedoch erklärte meiner Großmutter regelmäßig, daß Tscherer ein Schwachkopf sei, weil die ständige Beschäftigung mit Haaren erfahrungsgemäß den Geist verwirre. Heute aber, am Tag der Dichterlesung, kam Herr Tscherer nicht zu Wort.

Der Dichter – ich habe seinen Namen bisher nicht etwa verschwiegen, er ist mir vielmehr, wenn ich ihn überhaupt je gekannt habe, entfallen – zog danach aus der Aktentasche eine dicke Papiermappe (ich weiß es wie heute) mit vielen verknitterten, gelblichen Blättern, die – häufig mit Tintenkorrekturen versehen – eng bis an alle Ränder mit Schreibmaschine vollgetippt waren. Er blätterte hin und her und las dann aus dieser und jener Seite etwas vor: eine Stunde lang. Dann wurde mein kleiner Vetter, der als einziger hellwach geblieben war, ins Bett gebracht. Danach las der Dichter weitere zwei Stunden.

Ich will die sehr summarische Kritik meiner Großvaters vorwegnehmen. Sie lautete: »Das war kein Humorist.« Mein Großvater war der strengen, vielleicht nicht unhaltbaren Auffassung, daß Literatur nur dann kein Firlefanz sei, wenn sie zum Lachen bringt.
Die übrigen Zuhörer enthielten sich jeder Kritik. Allein mein Großvater nämlich hatte eine Vergleichsmöglichkeit gehabt, denn er hatte schon früher einmal eine Dichterlesung miterlebt. Es war dies die Lesung gewesen, die das literarische Idol meines Großvaters in Kitzbühel veranstaltet hatte: der oberösterreichische Mundartdichter Franz Resl, sein Hauptwerk hieß »Da hat amal, da war amal«. Mein Großvater bewunderte ihn so sehr, daß er zeitweise mit dem Plan spielte, selber Schwänke und Schnurren unter dem Pseudonym Fritz Rosl herauszugeben. Mein Großvater hatte selbstverständlich Resls Lesung nicht versäumt und verfügte so über die erwähnte Vergleichsmöglichkeit, die den anderen Beteiligten fehlte, die also ebensoweit davon entfernt waren, an der Dichterlesung Kritik zu üben, wie man etwa eine Sonnenfinsternis kritisiert.

Der Tag Null, der 8. Mai 1945, war gekommen. Der Kommunist Üblhör war Gemeinderat geworden, und mit Befriedigung durfte ich – mit vielen anderen ehemaligen Angehörigen der Hitlerjugend – Zeuge der Szene sein, als unser HJ-Hauptbann- oder Anführer, ein Erwachsener (mein Großvater umriß ihn und seinesgleichen mit dem Ausdruck »Hinterlandstachinierer«), den wir früher unter Strafandrohung körperlicher Züchtigung auch bei beiderseitigem Zivil militärisch grüßen mußten, aus seinem Büro geholt, auf einen Lastwagen verladen und fortgefahren wurde.

Der Dichter hatte sich – er dürfte seine Gründe gehabt haben – nach Aurach abgesetzt, einem damals kleinen abgeschiedenen Weiler im Wald. Sein Gepäck hatte er bei meinen Großeltern untergestellt, darunter auch seine Mappe mit Dichtungen.
Am 7. Mai 1945, der künftigen Haussuchungen gewärtig, veranstaltete mein Großvater ein umfängliches Autodafé. Eine amerikanische Haussuchung fand dann tatsächlich statt. Sie wurde von zwei GIs durchgeführt und begann in dem sehr verwinkelten Keller. Dort beschlagnahmten die Amerikaner zwei Gewehre. Es waren ihre eigenen, die sie – um sich die Hausdurchsuchung zu erleichtern – in eine Ecke gestellt hatten, die sie dann wieder auf einem ganz anderen und unerwarteten der verwirrenden Wege erreichten. So demoralisiert bereits, endete die Haussuchung endgültig, als die beiden Amerikaner in das Zimmer traten, in dem meine findigen Großeltern meinen Vetter am hellichten Tag ins Bett gesteckt hatten. Die sprichwörtliche Angst der Amerikaner vor jeder Art Bazillen ließ die beiden Krieger sofort den Rückzug antreten. Sie hatten nichts gefunden, was auf nationalsozialistische Gesinnung hätte schließen lassen, dank eben dem Autodafé meines Großvaters, dem alle Hitlerbilder, *Mein Kampf* und meine HJ-Chargenschnur zum Opfer gefallen war. Ich war nämlich trotz meiner Jugend bereits ein Befehlshaber in der Kitzbüheler HJ gewesen, denn Gustl, unser Lehrer, war – sechzehnjährig – ein hoher HJ-Führer, jenem erwähnten Hinterlandstachinierer unmittelbar nachgeordnet, der der einzige Erwachsene des Vereins gewesen war. Ihn, Gustl, hatte ich mehrfach dabei beobachtet, als er im Laufe von Botengängen ins Kino ging. Infolge der merkwürdigen Konstellation, daß er als HJ-

Führer mein Vorgesetzter, ich gleichzeitig als Lieblingsenkel meiner Großmutter, seiner Lehrherrin, über ihn mittelbar befehlen konnte, und so wurde ich in Anerkennung meiner Verdienste zum HJ-Unterbefehlshaber befördert. Als schlechter HJler war ich schon nie oder wenigstens sehr selten und dann mürrisch zum wöchentlichen Appell gekommen. Dann, als Unterbefehlshaber, war ich vom Dienst halboffiziell suspendiert. Übrigens erschöpfte sich der wöchentliche Appell darauf, daß die Liste der Namen aller zur Anwesenheit Verpflichteten verlesen wurde. Da sich die Kitzbüheler HJler schon dabei so undiszipliniert verhielten, nahm das Verlesen die ganze für den Appell zur Verfügung stehende Zeit in Anspruch, und es kam dann nie mehr zu irgendwelchen vaterländischen Handlungen. Diese Chargenschnur also hatte mein Großvater verbrannt und zuletzt noch die Papiermappe des Dichters.

Als sich die Verhältnisse etwas beruhigt hatten, tauchte der Dichter von Aurach her wieder in Kitzbühel auf. Von meinem Großvater forderte er seine Werke.

Er wurde jetzt nicht einmal mehr bis in den ersten Stock hinaufgelassen. Am Fußende der Stiege stand er, gekleidet in einen schokoladebraunen Anorak und Knickerbockers. Ich beobachtete eine wahrhaftige Szene. Der Dichter, wie gesagt, forderte zunächst. Er forderte, vielleicht sogar noch energischer, als er längst erkennen mußte, daß es aussichtslos sei. Dann bebte er, stellte seinen Rucksack (auch schokoladebraun) neben sich auf den Boden und deutete fordernd und bebend auf die Brust meines Großvaters, der einige Stufen über ihm auf der Stiege stand. Mein Großvater erklärte, daß er wegen des – sagen wir – volkhaften Gedichtgutes nicht ins Gefängnis

hätte kommen wollen. Er – mein Großvater –, der immerhin den großen Franz Resl gehört hatte und selber fast Fritz Rosl geworden wäre, hätte immerhin in den Verdacht geraten können, die Gedichte seien von ihm. Da bebte der Dichter noch mehr und fuchtelte mit den Händen. Mein Großvater stellte daraufhin nicht nur die – neuerdings notwendige – demokratische Gesinnung der Dichtungen, sondern deren Qualität überhaupt in schroffer Form in Frage. Er umriß das Werk kritisch mit einem einzigen Wort, das man sich vielleicht denken kann, und das den Dichter im schokoladebraunen Anorak hinriß, auf meinen Großvater – wenn auch sicher nur symbolisch – mit der Faust einzudringen. Das war für meinen Großvater Grund genug, zum Telephon zu stürzen und die Gendarmerie anzurufen. Er verlangte – als Schutz vor einem Wahnsinnigen – zwei (er betonte ausdrücklich *zwei*) Gendarmen mit aufgepflanzter (er betonte auch dies) Seitenwaffe. Ich zitterte in freudiger Erwartung der beiden aufgepflanzten Gendarmen. Der Dichter aber schickte sich jetzt eilig an, das Haus zu verlassen. Mit wenigen Sätzen war mein Großvater unten und entriß dem Dichter den Rucksack. Er ging einige Mal hin und her mit dem Rucksack, und endlich gelang es dem Dichter – dank der mildernden Intervention meiner Großmutter –, seine Flucht samt Rucksack zu bewerkstelligen. »Sie haben sich«, schrie er noch, »an der Weltliteratur versündigt!«
Etwa eine Stunde später erschien ein Gendarm, *ein* Gendarm, und nicht nur ohne aufgepflanzt, nein: ohne Seitenwaffe überhaupt. Da es gerade vier Uhr war (die astronomisch pünktlich festgelegte Zeit für die sogenannte Marend), wurde dem Gendarmen eine Schale Malzkaffee serviert (mit Haut), in die er ein mitserviertes Mischmehl-

Kipferl brockte. Im Laufe dieser Marend beruhigte sich mein Großvater, das Radio spielte, mein Großvater nahm endlich von einer Anzeige, der Gendarm erleichtert von einem Protokoll Abstand.
Wie wohl wird jener Dichter dies alles in seinen Memoiren dargestellt haben? Hat *mich* der Weltgeist dazu berufen, die Sünde meines Großvaters an der Literatur auszugleichen? Wenngleich ich nicht Bert Rosl geworden bin?

Portrait eines Raben
(ca. 1960)

Sechstes Intermezzo

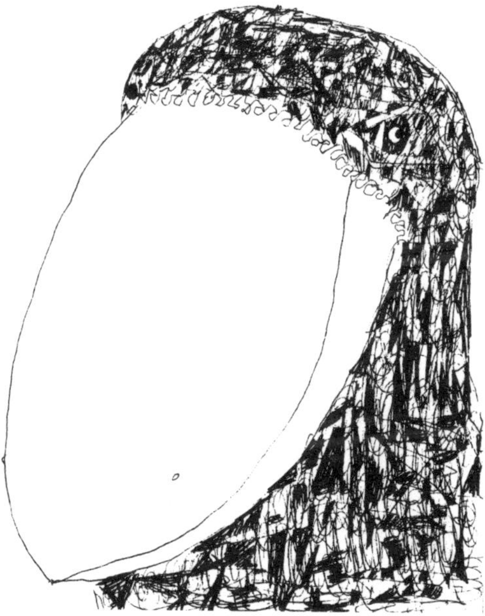

Fräulein Mary Doll

Fräulein Mary Doll war gebürtige Wienerin und von unbestimmbarem Alter. Obwohl sie weit davon entfernt war, jemals eine Olympiamedaille gewonnen zu haben, war sie eine der bemerkenswertesten und zugleich pittoreskesten Erscheinungen Kitzbühels. Eigentlich gebührte ihr ein Denkmal in Kitzbühel, aber sie hatte nur ein Grab an der Friedhofsmauer, und sogar das ist heute verschwunden.

Erst nachträglich kann ich aus ihren Lebensumständen, die sie erzählte, schließen, daß sie zu Anfang der zwanziger Jahre nach Kitzbühel gekommen sein mußte und damals etwa dreißig Jahre alt gewesen sein dürfte. Ich vermute, daß sie damals schon so zeitlos war wie 1944. Als sie in diesem Jahr meine Englischlehrerin wurde, kleidete sie sich immer noch nach der Mode von 1925, und zwar nicht nach der gängigen und landläufigen Mode von 1925, sondern nach der extravaganten. Es wirkte, weil Fräulein Doll eine Vorliebe für Turbane hatte, leicht derwischhaft.

Selbstverständlich war mir die bunte Erscheinung Fräulein Dolls auch schon vor der Zeit geläufig, in der sie mich in Englisch unterrichtete. Sie wohnte nicht weit von uns in der Nähe vom Bahnhof, und ihr Weg in die Stadt und wieder zurück führte sie zwangsläufig an unserem Haus vorbei. Aber auch ohne dies wäre sie mir aufgefallen, sie fiel jedem auf. Ich kannte sie also, kannte die Dame, die begleitet von ihrem prallen, walzenförmigen Dackel Hexi täglich zweimal am Haus vorbeiging, wußte aber nicht, wer sie war. Später wußte ich dann zwar, daß sie private Englischstunden gab, noch später ahnte ich vielleicht ihren Wert, erst heute weiß ich, wer und was sie wirklich war.

Bakosch, der unselige, unglückliche und ungewaschene Klavierlehrer, brachte sie ins Haus. Das war Ende des Jahres 1944, als der offizielle Englischunterricht in der evakuierten Oberschule eingestellt wurde, bald auch der ganze Unterricht. Meine Großeltern hatten keine große Achtung vor den Werten der Kultur und Bildung. Meine Großmutter hatte außer für die Familie und das Geschäft so gut wie keine Interessen. Mein Großvater schätzte zwar die Künste, aber sein Interesse stieß in der Musik beim Kaiserjägermarsch und dem Wolgalied, in der Malerei bei dem Öldruck »Die Erschießung der Schillschen Offiziere« und in der Literatur bei den Werken des oberösterreichischen Heimatdichters Franz Resl an die oberen Grenzen seiner Aufnahmefähigkeit. Ich bin weit davon entfernt, ihn zu tadeln. Er ist in dürftigen Verhältnissen aufgewachsen, und ich habe Anhaltspunkte dafür – das würde jetzt hier zu weit von Fräulein Doll wegführen –, daß er bei besseren Chancen ein künstlerisch interessierter Mensch geworden wäre. Kultur jenseits von Franz Resl, den Öldrucken und Weaner Liedern galt im Haus als Firlefanz. Nur eine Bildung wurde hochgeschätzt: Sprachkenntnisse. Das mochte damit zusammenhängen, daß man zeitlebens in Fremdenverkehrsgebieten gelebt hatte. Die Fremden, also die besseren Menschen, die Menschen, die mehr Geld haben, sprechen fremde Sprachen. Der Umkehrschluß, daß man selber ein besserer Mensch

ist, wenn man fremde Sprachen spricht, liegt nahe. Schon bei ihren Kindern legten meine Großeltern großen Wert auf die diesbezügliche Ausbildung (ein besonders sprachbegabter Onkel, der Herbert Rosendorfer hieß wie ich, brachte es auf sieben Sprachen, die er in Wort und Schrift beherrschte, darunter Finnisch), und bei mir war es nicht anders. Dem versickernden Unterricht im allgemeinen in der Essener Oberschule wurde seitens meiner Großeltern nicht nachgetrauert, wohl aber im besonderen dem Englischunterricht. Bakosch machte darauf aufmerksam, daß Fräulein Doll private Englischstunden erteilte und fügte hinzu (ich sollte es nicht hören, hörte es aber doch): »Sie ist abgrundhäßlich. Ich hab' schon überlegt, ob ich sie nicht heirate, das Häusel, das sie hat, immerhin – aber nein, sie ist zu häßlich …« (Aus Späterem habe ich Anlaß zu vermuten, daß eher konträr Fräulein Doll sich wohl geweigert hätte, den ungewaschenen Professor zu ehelichen.)
Sie war unschön. Sie war klein und dürr und hatte einen unverhältnismäßig großen Kopf, den sie nicht nur durch ihre Turbane, sondern auch noch durch eine hochaufgetürmte, äußerst unvorteilhafte Frisur betonte. Die Größe ihres Kopfes wiederum wurde betont durch eine riesige Nase, und auf der Nase hatte sie – es klingt wie erfunden und wie ein Klischee; aber es ist wahr; das Leben greift oft mit vollen Händen in die billigste Klischeekiste – hatte sie eine große Warze. Sie sah aus wie die Schwester von Zwerg Nase.
Der Dackel Hexi war nicht ihr einziges Haustier. Sie hatte noch mehrere Katzen, die allerdings halbwild lebten, in der Veranda schliefen und gefüttert wurden und im übrigen ihren eigenen Weg gingen. Außerdem waren da eine

Taube in einem Käfig und eine Schildkröte, die in einer großen Zinkwanne lebte. Hexi, Taube und Schildkröte teilten sich mit Fräulein Doll einen einzigen, finsteren Raum, der gleichzeitig Küche, Wohnzimmer und Unterrichtsraum war, sofern Fräulein Doll nicht – wie bei mir – zum Unterricht ins Haus kam.

Eine damals ungeheuerliche Extravaganz Fräulein Dolls muß noch nachgetragen werden: sie rauchte. Sie rauchte Zigaretten. Die später Hitler zugeschriebene Äußerung, daß die deutsche Frau nicht rauche, war in Tirol ein längst und uneingeschränkt gültiger Grundsatz. Nicht einmal die Stenografielehrerin Himberger, die sich die Fußnägel lackierte, nicht einmal die Inhaberin des sündigen Pedikürsalons Elsässer hat geraucht. Aber Fräulein Doll, und das in aller Offenheit und noch dazu – sofern sie Zigaretten hatte – ununterbrochen. Sie rauchte wie ein Mann. Vielleicht ist die Erklärung dafür, daß sie dennoch nicht nur nicht aus der Gesellschaft ausgeschlossen, sondern sogar allseits geachtet wurde, darin zu sehen, daß ihr auf Grund ihres Aussehens ein schon nicht mehr weiblicher, sondern schon nahezu männlicher, zumindest ungeschlechtlicher Status konzediert wurde.

Sie drehte sich die Zigaretten – sei es aus Sparsamkeit, sei es aus Gewohnheit – selber, im Krieg mit Brombeerblättern. Erst viel später, es war fast eine Degenerationserscheinung, rauchte sie vorgefertigte Zigaretten.

Fräulein Doll – ob sie Mary getauft worden war, was ich für betreffende Zeit im alten Österreich für unwahrscheinlich halte, oder ob sie Maria hieß und Mary von ihren Eltern gerufen worden war oder sich so nannte, aus Zuneigung zur englischen Sprache, weiß ich nicht; in Kitzbühel war sie seit eh und je als Mary Doll bekannt –

Fräulein Doll war das einzige Kind eines, als ich sie kennen lernte, längst verstorbenen Buchdruckers und kleinen Verlegers aus Wien, der sich einst, als sein Geschäft noch blühte, ein Sommerhäuschen in Kitzbühel gekauft hatte. Einmal zeigte mir Fräulein Doll ein Buch, das ihr Vater, ich weiß nicht mehr, verlegt oder zumindest gedruckt hatte: eine reich mit Holzstichen illustrierte, üppige Geschichte der Stadt Wien. In der Zeit des ersten Weltkriegs, des Zusammenbruchs der alten Monarchie und der nachfolgenden Inflation scheint auch das Unternehmen des Herrn Doll untergegangen zu sein. Es blieb allein das kleine Sommerhäuschen in Kitzbühel, und dorthin zog Fräulein Doll und lebte fortan davon, daß sie private Englisch- und Französischstunden gab.
Das Häuschen von Fräulein Doll stand in einer grünen Wildnis, war umgeben von verwilderten Gärten und überwuchert von dem Gebüsch und den Bäumen, die sich hinter dem Haus einen Abhang hinaufzogen. Eigentlich bestand das Anwesen aus zwei Gebäuden, wenn man von einigen Hühnerställen und Hundehütten absieht, die an- und dazugebaut worden waren: das Haupthaus und ein langgestreckter Schuppen aus Holz, dem, angelehnt an den wildbewachsenen Abhang, ein erster Stock aufgesetzt war.
Fräulein Doll bewohnte im Hauptgebäude zwei Zimmer im Parterre, das übrige Haus, namentlich den ersten Stock, hatte sie einer, wenn ich mich recht erinnere, ziemlich kinderreichen und insgesamt eher farblosen Familie namens Hinterstoißer vermietet. Eine Hinterstoißer-Tochter mit Vornamen Martha war eine der Gänse, die mit mir den unseligen Französischunterricht bei Herrn Innerbauer teilten. Von den beiden Zimmern, die Fräulein Doll

in ihrem Haus bewohnte, war das eine die schon beschriebene Wohnküche mit Zoofunktion, das andere, das ich nie betreten habe, war das Schlafzimmer, in dem sie eines Tages des Jahres 1951 der Uhrmacher und Mammutknochenforscher Kaaserer fand, tot und völlig verkrampft im Bett liegend.
Es war im Sommer 1951, ich lebte schon nicht mehr bei meinen Großeltern in Kitzbühel, war aber immer die Sommerferien über dort, hatte längst keinen Unterricht mehr, besuchte Fräulein Doll aber, entweder allein oder mit einem meiner Freunde, Peter Schratt oder Franz List, wohl jeden Tag. Am Tag vor ihrem Tod hatte ich sie nicht besucht, aber ich habe sie gesehen, wie sie, wie immer gegen Abend, einen bunten Turban auf dem Kopf, die walzenförmige Hexi hinter sich, die Bahnhofstraße hinunter nach Hause ging. Warum gerade der Uhrmacher Kaaserer sie fand, weiß ich nicht. Vielleicht wollte er – es könnte sein, daß es ein Sonntag war –, auf der Fahrt zu einer vermeintlichen Mammutknochenfundstelle, bei ihr hineinschauen und ihr einen schönen Tag wünschen, daß es ihm weiter merkwürdig vorkam, sie gegen ihre Gewohnheit (sie war Frühaufsteherin) noch nicht wach zu finden, daß er sie krank glaubte, zusammen mit dem Mieter Hinterstoißer nachschaute ... Der Uhrmacher Kaaserer war seit vielen Jahren mit ihr befreundet, war der einzige Mensch, von dem ich weiß, mit dem sie sich duzte. Es kam deshalb zwangsläufig das Gerede auf, daß Kaaserer mit Fräulein Doll ein Verhältnis habe. Einmal, als Kaaserer bei uns im Hause eine Standuhr reparierte, kam er meinem Großvater gegenüber darauf zu sprechen, und meinte dazu: wenn es so wäre, ginge es niemand was an, aber daß es nicht so sei, dafür spräche doch das Aussehen von Fräulein Doll.

Der Uhrmacher verzichtete dann wohl für diesen Tag auf seine Mammutsuche und übernahm mangels irgendwelcher näherer Verwandter die traurigen Verpflichtungen, die ein Todesfall nach sich zieht. Ich hatte 1951, als Fräulein Doll starb, noch nie einen mir nahestehenden Menschen durch den Tod verloren außer meinem Vater, aber der fiel im Krieg und war durch seinen Tod nicht viel weiter weg gerückt, als er es durch den Krieg die ganzen Jahre ohnedies gewesen war. Sein Tod, der mich schon schmerzte, war ein abstraktes, weit entferntes Ereignis, und seine Tragweite erkannte ich erst langsam und schleichend im Lauf der Jahre. Einen plötzlichen, unmittelbaren Verlust eines geliebten Menschen hatte ich noch nicht erleben müssen, Fräulein Doll war der erste. Als der Uhrmacher Kaaserer – ich glaube: gleich auf dem Weg vom Haus der Toten zurück in die Stadt hinauf – uns den Tod Fräulein Dolls mitteilte, empfand ich zum ersten Mal in meinem Leben den Einbruch des Ernstes. Ich empfand den Unterschied zwischen dem bloßen Unbill, was einem so im Alltag widerfährt (was bei mir damals in der Hauptsache verhauene Schularbeiten und dergleichen waren) und dem Fall, in dem das Leben oder vielmehr der Tod ernstmacht. Ich spürte, daß das ein Punkt war, an dem Morgen nicht mehr so sein wird wie Gestern. Ich war siebzehn Jahre alt. Einer, der siebzehn Jahre alt ist, fühlt sich mehr als Mann als ein Vierzigjähriger. Ein siebzehnjähriger »Mann« weint nicht. Weil ich das Weinen verdrängte, entlud sich der Schmerz durch einen unvermuteten und deswegen ungeschützten Kanal: durch Lachen. Ich lachte zwar nicht gleich. Ich fuhr mit dem Rad zu meinem Freund Peter Schratt.

Peter Schratt, ein nicht unbekannter Schauspieler in Wien,

viel zu früh 1996 verstorben, lebte in den Ferien immer bei seiner vom Vater geschiedenen Mutter in Kitzbühel, sonst war er auf einem humanistischen Gymnasium in Salzburg. Ich lernte Peter Schratt, der zwei Jahre älter war als ich, durch Fräulein Doll kennen. Er selber kannte Fräulein Doll viel länger als ich, war auch ihr Schüler gewesen. Peter Schratt war ein Langschläfer. Als ich hinkam, war es vielleicht elf Uhr, und er lag noch im Bett. Ich merkte gleich, daß er vom Tod Fräulein Dolls noch nichts wußte, und da war es, daß ich es nicht herausbrachte ... sie ging nicht aus mir heraus, die schreckliche Nachricht. Ich mußte ständig lachen, Peter wußte nicht, warum, und hielt mich für besonders albern. Ich ging nach einer Stunde wieder, ohne es ihm gesagt zu haben.
Die Beerdigung war angemessen großartig. Es kamen sehr viele Leute, und es war an der allgemeinen aufrichtigen Trauer zu bemerken, wie beliebt Fräulein Doll gewesen war. Merkwürdig berührte mich aber ein Punkt dieser Beerdigung, und ich erinnere mich, daß ich diesen Gedanken, den ich hier niederschreibe, ausdrücklich gedacht habe. Der Uhrmacher Kaaserer hatte die Erben Fräulein Dolls ausfindig gemacht. Es war ein ganz entfernter Vetter von Fräulein Doll, ein Mensch, der Fräulein Doll wahrscheinlich so gut wie überhaupt nicht kannte, mit dem sie nie irgendeinen Kontakt gehabt hatte, der weit weg irgendwo in Niederösterreich wohnte, und von dem nie irgendwie die Rede gewesen war. Ich nehme nicht an, daß ein Testament zugunsten dieses Menschen bestand, er erbte wohl auf Grund gesetzlicher Erbfolge. Immerhin aber war er zur Beerdigung da (mit Frau und Kindern) und nahm am Grab die Beileidsbekundungen entgegen. Auch ich ging zu ihm hin, wie alle, gab ihm die Hand und

sagte: mein Beileid. Dabei dachte ich: wie merkwürdig und wie dumm ist das, da steht er da, und ich sage ihm: mein Beileid, wo er doch viel eher mir sein Beileid aussprechen hätte müssen, sofern er in der Lage war, es zu empfinden. Aber er ahnte nicht, was für einen Verlust ich erlitten habe.

Der entfernte Vetter verhielt sich, aus meiner Sicht gesehen, schofel. Nicht, daß er das Haus verkaufte, kreidete ich ihm an, das war ja wohl sein gutes Recht, wohl aber, daß er die ganze Bibliothek Fräulein Dolls, alle ihre Noten, ihre Papiere, ihre zahllosen Aufzeichnungen, ohne sie zu sichten oder auch nur anzuschauen, nicht an einen Buchantiquar, sondern an einen Altpapierhändler verkaufte. Nur die Tiere, die walzenförmige Hexi, die Taube und die Schildkröte nahm der Uhrmacher Kaaserer an sich. Die halbwilden Katzen blieben wohl, wo sie waren. Ich ärgerte mich sehr bald danach, gemeinsam mit Franz List und Peter Schratt, daß wir nicht die Bibliothek geplündert hatten. Es wäre unsere Pflicht gewesen, das zu tun, und es wäre ein leichtes gewesen, es zu bewerkstelligen, denn der Uhrmacher Kaaserer hätte uns den Zugang gewährt, und dem schoflen Vetter wäre es mit Sicherheit gleichgültig gewesen, ob er ein paar Kilo Altpapier mehr oder weniger geerbt hätte. Aber ich war in den Tagen nach dem Tod Fräulein Dolls wie gelähmt und schaute wie versteinert zu, wie der barbarische Altpapierhändler mit einem Lastwagen die Bücher und Papiere abtransportierte. Nur ein einziges kleines Buch, eine im Stil der Gründerzeit elegant gebundene Goldschnitt-Ausgabe der *Mirza-Schaffy-Lieder* von Friedrich Bodenstedt, ein schmales, rotes Bändchen, hatte ich einige Tage vorher von Fräulein Doll geliehen. Dieses kleine Buch behielt ich. Selbstverständlich habe ich es heute noch. Es ist die einzige greifbare Erinnerung an Fräulein Doll, die ich habe; aber ich habe dafür einen unermeßlichen Schatz anderer Erinnerungen an sie. Heute weiß ich, daß ich ein anderer geworden wäre ohne sie, und das hat natürlich am allerwenigsten mit ihrem Englischunterricht zu tun. Ich weiß, daß ich jede Zeile, die ich schreibe, letzten Endes mittelbar ihr verdanke.

Vielleicht muß ich hier, wie oben der Uhrmacher Kaaserer, ein klärendes Wort einfügen, um Mißverständnissen vorzubeugen: meine Liebe und meine Verehrung für Fräulein Doll war ohne jede erotische Komponente, die ja selbst bei einem solchen Altersunterschied nicht ausgeschlossen wäre. Fast im Gegenteil: körperlich war sie mir immer unangenehm, schon, weil zwar nicht sie, aber ihre Behausung alles andere als sauber war. Als ich 1948 im Sommer von meinen Großeltern fort und zurück nach München zu meiner Mutter und meinen Geschwistern zog, ging ich natürlich zu Fräulein Doll hinunter, um mich zu verabschieden. Beim Abschied umarmte sie mich und gab mir einen Kuß auf die Wange. Es war das einzig Unangenehme, was ich je von Fräulein Doll erfahren habe.

Die Bibliothek Fräulein Dolls befand sich im ersten Stock jenes Schuppens, von dem ich schon gesprochen habe. Diese Bibliothek – oder dieser Salon – hatte zwei Nachteile: er war nicht zu beheizen und also nur im Sommer benützbar, und außerdem mußte man, um hin zu gelangen, durch die ebenfalls schon erwähnte Veranda hindurch, in der hauptsächlich die Katzen lebten. Die Veranda stank dermaßen nach Katzendreck, daß man buchstäblich nur mit angehaltenem Atem durchgehen konnte.

Für normale Schüler war der Salon nicht zugänglich. Auch ich durfte ihn erst nach längerer Zeit betreten. Außer den vielen Büchern befanden sich ein Klavier in dem Salon und ein Gerät, für das heute ein Vermögen bezahlt würde: ein Luxus-Orchestrion etwa aus der Zeit der Jahrhundertwende. Das war ein übermannshoher Schrank mit Glaswand. Man legte große, stählerne Scheiben senkrecht ein und mußte von Hand aufziehen. In einer Schublade unten im Schrank lag der Vorrat von Scheiben, der bunt gemischt war: Märsche, Tänze, Schlager der damaligen Zeit, aber auch sogenannte ernste Stücke: barbarisch bearbeitete und verkürzte Beethoven-Symphonie-Sätze, sogar Bruckner und eine verknappte Fassung des Sieben-Schleier-Tanzes aus der *Salome*. Man muß aber hinzufügen, daß das nicht der musikalische Geschmack von Fräulein Doll war. Auch sie betrachtete das Orchestrion als Kuriosität. Ihre Liebe galt Mozart, und sie kannte die Beethoven-Symphonien ganz und vollständig, und zwar sehr gut. Nebenbei war sie auch eine vorzügliche Pianistin, erteilte gelegentlich auch Klavierunterricht. Aber sie war keine musikalische Zelotin. Peter Schratt, der damals davon träumte, Sänger zu werden, sang, von ihr begleitet, nicht nur Schubert-Lieder in dem Salon hinter der Katzenveranda, sondern auch uralte Schnulzen mit dem Titel *Eine Nacht in Florenz* oder *Kleopatras Traum* aus uralten, vergilbten Notenblättern, die Fräulein Doll aus Stapeln von Papier und Zeitungen hervorkramte. »Peter«, sagte sie etwa, »du singst jetzt den *Tambour von Saint Privat* –« holte die Noten, setzte ihren Zwicker auf (ja: sie trug einen Zwicker) und griff in die Tasten.

Die Bibliothek enthielt in sorgfältigen, vorzüglichen Ausgaben praktisch alle deutsche Literatur der Klassik und

Romantik und einen großen Schatz an englisch- und französischsprachiger Literatur, die sie alle gelesen hatte und die ihr alle in einer heute gar nicht mehr selbstverständlichen Art von großflächiger Bildung gegenwärtig und geläufig war. Ich erinnere mich, daß ich wenige Tage vor ihrem Tod mit ihr über E. T. A. Hoffmann gesprochen habe. Ich hatte E. T. A. Hoffmann gerade für mich entdeckt und schwärmte ihr vor. Ja, sagte sie, sie müsse wohl auch wieder einmal E. T. A. Hoffmann lesen. In den ganzen Jahren sei sie nicht dazu gekommen, deutsche Literatur zu lesen, weil sie nur englische und französische Bücher gelesen habe. Mangels Möglichkeiten zur Konversation habe sie nur so ihren Wortschatz fithalten können. Aber sie suchte sich gleich einen Band mit Werken E. T. A. Hoffmanns heraus. Ob sie noch dazu gekommen ist, ihn zu lesen, weiß ich nicht.

Als Kennerin der englischen Literatur war Fräulein Doll selbstverständlich auch Kennerin und Liebhaberin des englischen Kriminalromans. Sie empfand hierin ganz englisch: machte keinen Rangunterschied zwischen der hohen Literatur und dem Kriminalroman. Sie las gern mit ihren Schülern englische Kriminalromane, richtig als Arbeit, mit Erarbeitung von Vokabeln und allem. Ich möchte fast sagen: sie unterrichtete entlang dem Kriminalroman, und vielleicht war das nicht die schlechteste Methode. Mit mir las sie *Nine Taylors* von Dorothy Sayers. Ihr besonderer Liebling aber war natürlich Agatha Christie und daneben, abseits des Kriminalromans, P. G. Wodehouse. Und an Wodehouse entlang unterrichtete sie in meinem Fall unter anderem an Hand von *Leave it to Psmith*. So begleiteten meine Jugend noch Lord Peter Wimsey und Bertie Wooster gleichermaßen wie Karl May, den Fräulein

Doll ebenfalls schätzte. Sie hatte ganz alte, seltene Ausgaben, und ihr verdankte ich es, daß ich – was Karl May anbetraf – in der Klasse ungeschlagen Erster war. Die alten grünen Karl-May-Bände hatten hinten bekanntlich ein Register aller erschienenen Bände. Es waren insgesamt 64 oder 65. (Ich konnte damals alle Titel der Reihe nach auswendig aufzählen. Die kompletten Namen Hadschi Halef Omars weiß ich heute noch im Schlaf herzusagen.) Es gab Knaben in meiner Klasse, die hatten 15 davon gelesen, es gab welche, die kamen auf 20, vielleicht auf 25. Recht viel mehr Karl-May-Bände waren in Kitzbühel nicht im Umlauf. Neu aufgelegt wurde damals ja nichts, so daß es keine zu kaufen gab. Man war auf den Bestand angewiesen. Ich spürte verborgene Bände auf, die ich auslieh, und brachte es auf 30. Aber auch andere Leser bekamen Zugang zu diesen Bänden; ich blieb nur in Führung durch Fräulein Doll, die mir, und nur mir, solche Raritäten wie *Im Lande des Mahdi* Band I bis III, *Im Reiche des silbernen Löwen* und sogar *Ardistan und Dschinnistan* (4 Bände!) zu lesen gab. Bei meinem Weggang aus Kitzbühel nahm ich mit – ich glaube – 47 gelesenen Bänden den Sitz am Chimborasso der Karl-May-Kenntnisse ein, den niemand mir streitig machen konnte. Merkwürdigerweise verließ mich das Karl-May-Fieber schlagartig mit dem Tag im August 1948, an dem ich Kitzbühel verließ. Ich rührte danach nie mehr – mit einer Ausnahme – einen Karl May an. Einmal, das war diese Ausnahme, versuchte ich, als Erwachsener einen Karl May zu lesen. Das war 1972 in Riva am Gardasee, wo mein ältester Sohn *Durch die Wüste* dabeihatte. Es war mir nicht möglich, das Buch zu lesen. Die Sprache war es, die mir widerstand. Es wehte auch nichts vom Geruch der Jugend aus diesem Buch. Der Karl-May-Geist von damals muß in mir versickert sein, und ich vermag die erwachsene Begeisterung ehrenwerter Männer nicht zu teilen.

Im Lande des Mahdi zu lesen, war körperlich schwierig, weil das, was mir Fräulein Doll gab, zwar der vollständige Text, aber kein Band war, sondern ein riesiges Paket von alten Zeitschriften, in denen das Werk in Fortsetzungen abgedruckt war. *Ardistan und Dschinnistan* zu lesen, war mir eine geistige Qual. Man weiß ja, daß das ein verstiegenes Werk ist, ein Alterswerk, in dem Karl May versuchte, philosophisch zu werden, so, als ob Paul Lincke mit Siebzig versucht hätte, etwas wie die späten Streichquartette Beethovens zu schreiben. Aber ich biß mich durch und, merkwürdigerweise: die Erinnerung an diese verschrobenen Bände ist heute in mir lebendiger als die an alle anderen, die, rückblickend, in einem einheitlichen Old-Shatterhand- oder Kara-Ben-Nemsi-Brei zerfließen. Ich biß mich durch *Ardistan und Dschinnistan* aus Vollständigkeitswahn, weil ich auch diese Skalps an meinen Gürtel heften wollte.

Fräulein Doll war tief religiös und streng katholisch. Sie haßte Hitler und die Nazi wie die Pest und hielt den Mund auch während der Nazizeit nicht, machte kein Hehl daraus, daß sie die Feindsender hörte, und in ihrer Wohnküche hing, für jeden sichtbar, der hineinkam, direkt über der Zinkwanne mit der Schildkröte ein sehr großes Bild des von den Nazi ermordeten österreichischen Bundeskanzlers Dollfuß mit einem unübersehbaren Trauerflor. Wahrscheinlich passierte ihr nichts, weil der Kitzbüheler Obernazi und seine Spießgesellen Fräulein Doll für keine ernstzunehmende Person, sondern für eine spinnende alte Jungfer hielten, die einer Verhaftung nicht wert war. Aber sie täuschten sich. Fräulein Doll verbreitete in den Englischstunden ihre Ansichten unter der Hand unmerklich unter ihre Schüler. Von ihr erfuhr ich das erste Mal, daß Hitler eigentlich Schicklgruber hieß, von ihr erfuhr ich, daß Juden auch Menschen sind. Sie wußte, was in den Konzentrationslagern vor sich ging, und sie hielt nicht hinterm Berg damit. So wußte auch ich, was damals wirklich los war, ich, ein zehnjähriges Kind. Und ich sage, daß jeder lügt, der behauptet, nichts gewußt zu haben.

Fräulein Doll war tief religiös und gleichzeitig neigte sie, ich weiß nicht, ob das nur scheinbar oder aber wirklich ein Widerspruch ist, zum Spiritismus und zu allem Okkulten. Lange Jahre, bevor das Buch durch Filme und eine förmliche Mode wieder berühmt geworden ist, kannte ich durch sie Bram Stokers *Dracula*. Sie konnte faszinierend Geistergeschichten erzählen, und nicht selten war ein Diktat oder eine Nacherzählung, die ich machen mußte, ein Schauer erregender *gothic tale*. Sie gehörte wohl, davon erzählte sie mir allerdings nie, einem spiritistischen Zirkel an. Vielleicht hatte, das halte ich für möglich, Uhrmacher und Mammutknochenforscher Kaaserer hier seine Hand im Spiel. Freilich nahm Fräulein Doll den Spiritismus nicht ganz ernst, jedenfalls nicht immer, und betrachtete ihn auch mit Ironie. Es lebten eben nicht zwei, es lebten mehrere Seelen in ihrer Brust. Auf Träume gab sie viel. Einen offensichtlich prophetischen Traum erzählte sie mir: 1938, nachdem Österreich von Schicklgruber-Deutschland annektiert worden war, ging es Fräulein Doll sehr schlecht. Sie war einer von den – laut offizieller Statistik – 11 (elf) Judassen, die im Bezirk Kitzbühel gegen den Anschluß gestimmt hatten, und zwar wirklich. Sie

machte auch daraus kein Hehl. Wenn auch die Nazibonzen später im Krieg dann Fräulein Doll in Ruhe ließen, damals scheint sie den Neu-Nazi ein Dorn im Auge gewesen zu sein. Man machte ihr Schwierigkeiten, überprüfte ihre Lehrbefähigung, prüfte mit besonderer Sorgfalt ihre Steuererklärungen, und was es eben für böswillige Behörden für Möglichkeiten gibt.
Gleichzeitig wurde sie im Ort wegen ihrer undeutschen Haltung schlechtgemacht, und sie verlor viele Schüler, deren Eltern es für nicht mehr opportun betrachteten, ihre Kinder zu Fräulein Doll zu schicken. Aber das war das wenigste: die Hauptkundschaft Fräulein Dolls waren einige sehr reiche Ausländer, die in Kitzbühel lebten und ihre Kinder privat unterrichten ließen. Diese Ausländer – darunter Juden – verließen natürlich 1938 ihre Villen auf dem Sonnberg oder auf dem Lebenberg, und die Einnahmequelle Fräulein Dolls drohte ernstlich zu versiegen. Sie habe, erzählte sie mir, Ende 1938 buchstäblich dem Hunger gegenübergestanden. Sie hatte ihre Ersparnisse aufgezehrt, Einnahmen hatte sie nicht mehr, von der Miete, die die Hinterstoißer bezahlten, konnte sie gerade die laufenden Steuern und Unkosten für das Haus bezahlen, niemand war bereit, ihr zu helfen, auf irgendeine Arbeitslosenunterstützung oder dergleichen hatte sie keinen Anspruch, sie stand allein. Einmal sei sie wirklich völlig verzweifelt abends ins Bett gegangen und habe nicht gewußt, wie es am nächsten Tag weitergehen solle. Da habe sie geträumt, daß sie zusammen mit ihrer damals schon längst verstorbenen Mutter in einem Omnibus gefahren sei. Die Fahrt habe durch eine kleine Stadt geführt, und der Omnibus habe durch ein enges, altes Stadttor hindurchfahren müssen. Der Omnisbusfahrer bremste den

Wagen ab, weil er zweifelte, ob das Tor groß genug für die Durchfahrt ist. Da sei ihre Mutter aufgesprungen, erzählte Fräulein Doll, und habe laut gerufen: »Wir kommen schon durch! Wir kommen schon durch!«

Mit diesem Ruf sei sie aufgewacht, sagte Fräulein Doll, und dieser Ruf sei förmlich akustisch noch im Raum gehangen, als sie längst schon wach war. Fräulein Doll unterließ es daraufhin, die größte Dummheit zu machen, die sie in ihrer Situation machen hätte können: ihr Haus zu verkaufen. Und der Traum bewahrheitete sich. Wenige Tage später schickte ein reicher deutscher Industrieller nach ihr, ein Mann, der seine Familie in sicherer Erwartung des Krieges und in weiser Voraussicht nach Kitzbühel verlagert hatte. Der Mann war ein Nazi nur zum Schein (und wohl auch zu seinem Vorteil), und er hatte von den Schwierigkeiten Fräulein Dolls gehört. Er ließ seine Kinder von Fräulein Doll in allen nur erdenklichen Fächern – Englisch, Französisch, Klavierspielen, aber auch Handarbeit, Erdkunde und Aquarellmalen – unterrichten. Fräulein Doll hatte auf einmal wieder alle Hände voll zu tun, und außerdem trauten sich die Ortsnazi nicht mehr, sie zu schikanieren, ja: ihr Ansehen wuchs wieder, und allmählich wagten auch andere Leute auf ein neues ihre Kinder in die erzieherische Obhut Fräulein Dolls zu geben.

Ein für mich damals unbezahlbarer Schatz aber waren die Kunstbände Fräulein Dolls. Es muß um die Zeit gewesen sein, als mein Privatunterricht bei Fräulein Doll einsetzte, da entdeckte ich – sicher ganz aus eigenem Antrieb, denn Anregungen in dieser Hinsicht erfuhr ich von meinen Großeltern nicht – die Kunst, die bildende Kunst. Ich fand nämlich in dem ziemlich lieb- und sorglos aufbewahrten Nachlaß meines oben erwähnten Onkels und

Sprachgenies Herbert Rosendorfer ein paar Bücher. (Onkel Herbert, 1943 in Karelien gefallen, war unverheiratet gewesen.) Eins der Bücher war der erste Band der alten, gar nicht schlechten Kunstgeschichte von Sprenger: *Antike und Mittelalter*. Ich war von der Welt, die sich mir hier auftat, fasziniert. Ich begann, Bilder aus dieser Kunstgeschichte zu kopieren, und zwar in briefmarkenkleinem Formaten. Eines Tages zeigte ich diese winzigen Kopien Fräulein Doll, und es bestimmte wohl – das sage ich allen Ernstes – meine im weiteren Sinn künstlerische Laufbahn bis auf den heutigen Tag, daß sie diese mikrobischen Kunstversuche ernstnahm und sie mit mir diskutierte. Sie erzählte mir von Tizian. Ich erinnere mich noch genau, wie ich diesen großen Namen das erste Mal hörte. Damals wußte ich es natürlich nicht, aber heute weiß ich es: sie führte mich in vorsichtigen, konzentrischen Kreisen oder, vielleicht besser gesagt, in einer großen Spirale an die Kunst heran, wobei sie die Kunst umfassend begriff: Kunst als Umwelt des denkenden Menschen, Kunst als Einheit, die Künste als Ausflüsse eines großen, künstlerischen Willens, der der höhere Sinn der Welt ist.
Sie brachte mir eine Monographie über Tizian: einen jener einst weitverbreiteten Knackfuß-Bände. Es war ein Buch, das damals schon fünfzig Jahre alt war: es enthielt meistenteils schwarzweiße Abbildungen von eher schlechter Qualität, die wenigen farbigen Abbildungen (Heliogravüren) waren rot- oder gelbstichig. Dennoch war es für mich wie ein Rausch. Ich kopierte wie besessen (aber immer noch in Briefmarkengröße). Nach und nach brachte sie mir weitere Monographien: Leonardo, Michelangelo, Raffael, aber auch noch ältere Meister. Ich lernte Giotto kennen, Giovanni und Gentile Bellini, dann Dürer und

vor allem ihren Liebling Holbein (was natürlich schon wieder Beziehung zum Englischunterricht hatte; ganz vergaß Fräulein Doll das Praktische nie). Was sie in mir zu fördern trachtete, war das eigene Urteil. Selten hörte ich eine Wertung von ihr. Offenbar beobachtete sie meine Reaktionen und förderte meine Erkenntnis in der Bahn der Vorlieben, die sich von allein herausbildeten. Aber es freute sie, daß ich immer wieder zu Tizian zurückkehrte, eine Liebe, die bis heute bei mir nicht nachgelassen hat. Als ich 1948 nach München kam, war einer meiner ersten Wege, schon nach ein paar Tagen, in die Alte Pinakothek, das heißt: ins »Haus der Kunst«, in der damals ein bescheidener Teil der Bestände der zerstörten Pinakothek ausgestellt war. Ich sah das erste Mal die Originale. Es war eine Offenbarung, und es wäre keine Offenbarung gewesen, wenn mir nicht Fräulein Doll die Rampe dazu gebaut hätte. Ich weiß noch gut, daß ich lange vor Tizians grandiosem Alterswerk, der fast impressionistischen, ganz unbegreiflichen *Dornenkrönung* stand, eines meiner Lieblingsbilder bis auf den heutigen Tag. Ich erzählte in den nächsten Ferien Fräulein Doll davon, ich schwelgte in dem, was ich ihr erzählen konnte. Ich besuchte sie selbstverständlich in allen Ferien, und ich war ja in allen Ferien, möglichst vom ersten bis zum letzten Tag, in Kitzbühel. Als ich 1953 das Abitur in München machte, zwei Jahre nach dem Tod von Fräulein Doll, ging ich am Sonntag vor der Abitur-Woche, an dem Tag also, an dem, wie ich mir wohl richtig sagte, im Grunde alles gelaufen war, an dem es keinen Sinn mehr hatte, irgend etwas büffeln zu wollen, in aller Ruhe, ganz allein in die Pinakothek und feierte vor der *Dornenkrönung* Tizians meinen privaten Gottesdienst zur Erinnerung an Fräulein Doll. Ich saß sehr lange vor dem Bild und ging dann in einer sehr merkwürdig seligen und gelassenen Stimmung durch einen regnerischen Sonntag nach Hause. Am Montag war Deutsch-Abitur. Die gelassene Stimmung verließ mich nicht. Das Aufsatzthema – oder eins der Aufsatzthemen, die man wählen konnte – hatte irgend etwas mit Kunst zu tun. Ich schrieb einen Aufsatz über Tizians *Dornenkrönung*, eine wohl schwärmerische Arbeit, die ich aber mit Fakten anzureichern imstande war, weil sie mir vom Tag vorher bis in die Jahreszahlen geläufig waren. Meine Mühe wurde nicht nur mit einem Einser, sondern mit einem zudem lobenden Extravermerk im Abiturzeugnis belohnt. Aber ich bin mir sicher, daß der Geist Fräulein Dolls die schützende Hand über mich gehalten hat.

Obwohl sie nie etwas darüber gesagt hat, vermute ich, daß Fräulein Doll unter einem Umstand gelitten hat, der für sie sehr schmerzlich war: daß sie nicht reisen konnte. Aus keiner ihrer Erzählungen ist hervorgegangen, daß sie, seit sie in den zwanziger Jahren nach Kitzbühel gekommen ist, jemals eine erwähnenswerte Reise getan hat. Offenbar hat sie in weit beengteren finanziellen Verhältnissen gelebt, als man in Kitzbühel vermutete und als sie sich anmerken ließ. Nur einmal, kurz nachdem man – mit Schwierigkeiten unvorstellbarer Art zwar – nach dem Krieg wieder nach Wien konnte, reiste sie dort hin für wenige Tage, um die Meisterwerke im Kunsthistorischen Museum anzuschauen.

Aber sie reiste in ihrer Phantasie, und sie schrieb es auch nieder. Sie hat diese Arbeiten – von denen meines Wissens nie eine im Druck erschien – nicht gern hergezeigt. Nur ein einziges Mal hat sie mir den Entwurf eines Filmdrehbuchs zu lesen gegeben, den sie – damals schon vor langer

Zeit – einmal, selbstverständlich vergeblich, einer Filmgesellschaft angeboten hatte. Es hieß *Die blutrote Locaste* und war der Entwurf für eine Gespenstergeschichte und handelte von Reisen und Schiffen, von fernen Ländern und Meeren. Komischerweise kann ich mich an Einzelheiten dieses Entwurfs nicht mehr erinnern. Vielleicht verloren Fräulein Dolls Gedanken ihren Zauber, wenn sie sie aufschrieb, denn ich kenne heute noch alle Geschichten, die sie mir *erzählt* hat. Ich habe, und ich glaube, daß ich in ihrem Sinn gehandelt habe, zwei dieser Geschichten niedergeschrieben, und zwar so, daß sie – wie ich hoffe – ein wenig von dem Reiz wiedergeben, den sie für mich gehabt haben, wenn sie mir Fräulein Doll erzählt hat. Die eine Geschichte ist die Brankovic-Episode im *Ruinenbaumeister*, die andere ist die Erzählung *Stephanie und das vorige Leben*.

Ich denke oft daran, was Fräulein Doll, Fräulein Mary Doll, Zwerg Nases Schwester mit dem großen, weltläufigen, weiten Geist, was sie gesagt hätte, wenn sie erlebt hätte, daß die Sachen, die ich schreibe, gedruckt und gelesen werden. Vielleicht wäre sie stolz darauf gewesen. Wenn ein Rezensent etwas Böses oder Schlechtes über meine Sachen schreibt, wenn einer etwas verreißt von mir, dann denke ich mir oft: soll ich anders schreiben, damit's *dem* gefällt? Nein, ich schreibe nicht anders. Nur wenn ich überlege, daß das, was ich schreibe, Fräulein Doll nicht gefallen könnte, dann, und nur dann schreibe ich's anders.

Paßbild aus dem ersten Ausweis (1945)

Ideal-Pirat (1960)

Siebtes Intermezzo

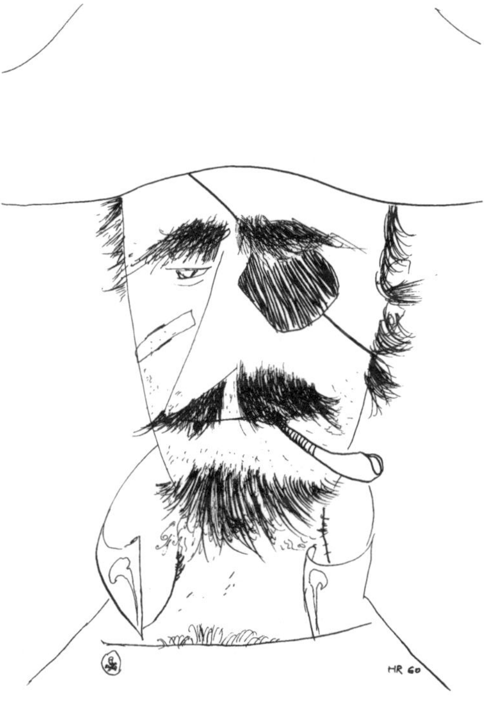

Das beinah ermordete Zimmermädchen

Kitzbühel war in seiner Situation als mißbrauchtes, von Soldaten, Flüchtlingen, Parteibonzen und Besatzungstruppen überschwemmtes Fremdenverkehrszentrum natürlich nicht einmalig in Österreich. Einer Laune meiner Großeltern verdanke ich die Bekanntschaft mit einem anderen dieser unter der Nachkriegszeit ächzenden Orte: Bad Gastein. Auch in Bad Gastein standen die großen Hotels mit ihrem nun nachgerade schamlos offen zutage liegenden hohlen Prunk wie Inseln in einer für sie fremden Zeit. Auch dort hofften die Hoteliers, daß die besseren Zeiten, die ihre Häuser gesehen hatten, wiederkommen würden. Als Pioniere dieser erhofften besseren Zeit erwiesen sich meine Großeltern, denn sie beschlossen im Sommer 1946, von Kitzbühel nach Bad Gastein zu fahren. Vor dem Krieg waren meine Großeltern jedes Jahr nach umständlichen Vorbereitungen und ausführlichen, oft widerrufenen, dann doch bestätigten Bestellungen, unter Aufwendung zahlreichen Hilfspersonals – teils aus der Familie rekrutiert, teils entgeltlich – in die Sommerfrische gefahren, und zwar stets in einen noblen Ferienort: Villach, Baden bei Wien, Monte Carlo, Thun, Abbazia. 1946 war es abenteuerlich genug, von Kitzbühel nach Gastein zu gelangen. Kitzbühel lag in der französischen, Gastein in der amerikanischen Besatzungszone. Man brauchte also verschiedene Genehmigungen, ärztliche Bescheinigungen, auch für mich benötigte man ein Reisedokument in vier Sprachen, außerdem Impfscheine, unter anderem in kyrillischen Buchstaben. Die Beschaffung dieser diversen Papiere belastete mich damals kaum, auch war ich zu der Zeit im Gefolge meines Freundes Egbert – dem Freund alles Eisenbahnlichen – damit beschäftigt, den Kitzbühler Bahnhof zu vermessen. Wir beabsichtigten, das Schienengeflecht dieses Bahnhofes nebst allen Masten und Signalen möglichst naturgetreu mit meiner Spielzeugeisenbahn nachzubauen. Deshalb wollten wir zunächst einen Plan des wirklichen Bahnhofes aufnehmen; wir begannen ernsthaft wie erwachsene Geometer, das ganze Bahngelände abzuschreiben, trugen Maße in Listen ein, fixierten Weichen, Abstellgleise und Verladerampen. Selbstverständlich fiel dieses seltsame Gehabe am ersten Tag schon auf. Das scharfäugige Bahnorgan, das uns stellte und Einblick in unsere Notizen forderte, war der Weichensteller, den man unter Mißachtung seines wahren Namens Aufschnaiter nannte – der Mann jener Dame, die kraft des buchstäblichen Gewichts ihrer Person entgegen jeder standesamtlichen Regel ihrem Gemahl ihren Mädchennamen aufgezwungen hatte.

Der Weichensteller war, als er bemerkte, daß es sich bei uns nicht (es gab ja damals die abenteuerlichsten Sachen) um als Kinder verkleidete Spione handelte, und als unser Interesse für die Eisenbahn aus unserem harmlosen Plan offensichtlich wurde, geschmeichelt von der Aufmerksamkeit, die wir – die Jugend – der Eisenbahn und so unter anderem auch seiner Arbeit widmeten, und lud uns ein, ihn in seinem Weichenstellerhäuschen, dem Stellwerk Kitzbühel I, zu besuchen. Selbstverständlich folgten wir mit Freude der Einladung, und wir verbrachten in der Folge viele Nachmittage im Stellwerkhäuschen. Unser bahnamtlicher Freund erklärte uns seine gesamte Anlage, erläuterte seine Dienstanweisungen, führte uns in die Geheimnisse der Eisenbahnsignalanlagen ein und verschaffte uns Einblicke nicht nur in die Abfolge der Personen- und Güterzüge, sondern auch in die feingegliederte Abstufung des Bundesbahnpersonals. (Damals wurde unter anderem meine falsche Einschätzung des Bahnoberbauarbeiters Zimmermann zerstört.) Besonders beeindruckte mich das Reglement betreffend Nebel und Schneesturm. Ein abgestuftes Arsenal von optischen und akustischen Zeichen stand dem Bahnorgan zur Verfügung, wenn ein Zug in Katastrophenfällen bei Nebel oder Schneesturm angehalten werden muß. Es reicht vom einfachen Trillerton auf der bahnamtlichen Signalpfeife, über sturmechte Leuchtfackeln bis zu Sprengkapseln, die, auf den Schienen angebracht, explodieren, wenn sie überfahren werden und so den Lokomotivführer – falls er die Explosion überlebt – auf drohende Gefahrenmomente aufmerksam machten. Um unser Wissen um die geheimnisvollen Signalzusammenhänge der Bundesbahn gewissermaßen mit in den Alltag hinüberzunehmen, beschlossen Egbert und ich unter anderm, künftighin uns anstelle des in jener Gegend damals verbreiteten Ausdruckes »Er grinst wie ein frisch lackierter Postkastl« der Version »Er – oder sie – grinst wie ein frisch lackierter Weichengrenzstein« zu bedienen. Mitten aus diesen Unterrichtsstunden beim Weichenstellen riß mich die Abreise nach Bad Gastein. Die Reise war für mich zunächst nichts anderes als eine willkommene Gelegenheit, mein theoretisches eisenbahnliches Wissen durch praktische Anschauungen fremder Bahnkörper zu

untermauern. Nicht um einen Besuch im Stellwerk zu machen, sondern um den Schnellzug nach Salzburg zu besteigen, ging ich diesmal zum Bahnhof. Das vertraute Gelände musterte ich mit Kennermiene abschiednehmend, aber schon in St. Johann, gar erst in Fieberbrunn, nicht zu reden von Schwarzach-St. Veit, wo wir umsteigen mußten, hatte ich Gelegenheit, an den Bahnanlagen mit dem Auge des Experten längst Vertrautes vergleichend wiederzuerkennen oder bislang Unbekanntes in das System des Bekannten abwägend einzugliedern.
An der Grenze bei Hochfilzen – die alliierte Einteilung Österreichs in Besatzungszonen ließ hier die altehrwürdige Grenze zwischen der Gefürsteten Grafschaft Tirol und dem weltlichen Herrschaftsbereich des Erzbischofs von Salzburg wieder lebendig werden, was ich, als kindlicher Experte der mittelalterlichen Feudalmonarchie damals schon wohlgefällig konstatierte – wurden wir von den Amerikanern hygienisch behandelt. Eine österreichische Amtsperson ging, begleitet von einem Amerikaner in Uniform, durch den Zug. Der Amerikaner ließ sich die Reisedokumente zeigen und versah sie mit einem Stempel. Die österreichische Amtsperson setzte daraufhin allen Reisenden ein großes Instrument – etwa von der Form einer Konditorspritze – an den Hals – hochgeschlossene Damen mußten sich öffnen – und versah alle mit einem weißen Puder-Punkt an der Schlagader. Meine Großmutter sagte, das Pulver helfe gegen die Cholera. Eine andere ältere Dame im Abteil vermutete, daß es sich um Geweihtes handle (eine Art Trockenweihwasser). Mein Großvater nahm jedoch an, daß sich das Pulver, wenn es auf nationalsozialistische Gesinnung stoße, färbe – rot, oder wohl eher braun.

Weiter schien dann die Bahnfahrt ohne größere Einschnitte verlaufen zu sein, denn ich erinnere mich nur wieder an einen ziemlich langen Aufenthalt in Schwarzach-St. Veit, wo wir in einen Personenzug umsteigen mußten, der entweder ein sehr ungünstiger Anschluß war oder eine lange Verspätung hatte.
Bis Schwarzach-St. Veit – rechnete ich mir damals aus – war mir die Strecke nicht neu, erst ab hier würde ich Neuland, sozusagen, betreten, was mich – nach Kitzbühel zurückgekehrt – berechtigen würde, ein neues Stück Strecke in meinem Atlas schwarz nachzuziehen. Ein großer Liebhaber der Geographie – ich hatte in meiner Klasse sogar einen Geographischen Club gegründet – hatte ich nämlich alle Strecken, die ich jemals in meinem Leben befahren hatte, auf den Landkarten des Atlanten markiert. Und nach Salzburg war ich schon einmal gefahren, und zwar kurz vor dem Krieg zur Hochzeit meiner Tante Anna. Diese Tante, die einzige Schwester unter den fünf Geschwistern meines Vaters, betrachteten meine Großeltern als ihr Sorgenkind, in Wahrheit hatten sie sie aber durch eine völlig verfehlte Erziehung zum Sorgenkind gemacht. Das gewiß nicht mehr und nicht wesentlich weniger als die fünf Söhne begabte und charakterlich bessere oder schlechtere Mädchen wurde von meiner Großmutter – die weibliche Wesen überhaupt nicht leiden konnte – als kostenloser Dienstbote gehalten. Sie erhielt zwar eine gewisse Ausbildung und durfte Italienisch und Englisch lernen, auch wurde sie, wie alle Kinder meiner Großeltern, ›einmal in die Welt hinaus‹ geschickt, und zwar nach Catania, wo sie kochen lernte, im übrigen aber mußte sie dem aufwendigen und personenreichen Haushalt in Bozen vorstehen. Um nicht die billige Arbeitskraft zu verlieren,

dachten meine Großeltern natürlich nicht daran, die Tochter zu verheiraten. Meine Tante scheint diesen Lebenslauf ohne Aufmucken hingenommen zu haben, nur – als sie schon die Heiratsreife leicht überschritten hatte – zwang nicht so sehr sie als ein gewisser natürlicher Lauf der Dinge, meine Großeltern, Heiratspläne für die Tochter ins Auge zu fassen. Meine Tante hatte nämlich begonnen, in, möchte ich sagen, aller Unschuld – die sie auch später im hohen Grad auszeichnete – Verhältnisse mit nächstliegenden männlichen Objekten einzugehen. Man munkelte von einem Briefträger, von einem Lehrling, von Lieferanten des Jenesinger ›Stadtsalates‹ und so fort. Um nicht Gefahr zu laufen, daß plötzlich bei der offenbaren Wahllosigkeit meiner Tante ein Italiener dergestalt auftauchen könne, und bei allenfallsigen Folgen man einem solchen die Hand der Tochter zu geben genötigt sein würde, gaben meine Großeltern nach längerer Familienberatung die Tante Anna öffentlich zur Verheiratung frei. Es stellten sich auch einige Bewerber aus dem Bozner Bürgertum ein, an allen denen aber meinen Großeltern irgend etwas mißfiel. Meine Mutter – die mir all dies später erzählte – erinnerte sich speziell an einen, der einen leichten Zungenschlag und von der künftigen Einrichtung seiner ehelichen Wohnung nur die eine konkrete Vorstellung hatte, daß sie viele Öfen beinhalten solle, denn, sagte er, es müsse ganz fest eingeheizt sein, so fest, daß seine Frau immer nackend in der Wohnung herumlaufen könne. Selbstverständlich hielt man einen solchen Bewerber für sittlich nicht genug gefestigt, und mein Großvater beschloß, ›auswärts‹ um einen geeigneteren Mann für seine Tochter sich umzutun. Es wurde in Salzburg eine Heiratsannonce aufgegeben. Es meldeten sich einige Kandidaten, die nach und nach eingeladen wurden, nach Bozen zu kommen, um besichtigt zu werden. Darunter war auch ein Herr Winter. An seinen ersten Besuch erinnere ich mich selber genau. Blond, sonnig und voller Leben platzte er förmlich in das düstere alte Haus in der Erbsengasse in Bozen. Er schüttelte allen die Hand, küßte die Kinder, spielte ein wenig Klavier, pfiff mit dem Kanarienvogel meines Großvaters, ondulierte meiner Großmutter eine abenteuerliche Frisur und bat am Abend – geschickt hatte er die Spannung dahin zugespitzt –, in die Küche zu dürfen. Mit kaum zu bändigender Geschäftigkeit sprang er dort herum, wälzte Teig, sott Zutaten, kochte Marmeladen ab, buk und rührte, stäubte mit Mehl und Zucker herum und zauberte endlich aus diesem Wirbel an Kochkunst – Düfte kündigten es bereits an – Buchteln, ganze Bleche voll Buchteln. Die ersten wurden meinen Großeltern gereicht, mein Großvater kostete und entschied – als ein Fachmann und großer Genießer von Süßigkeiten –, daß er solch köstliche, solch Wunder an Buchteln noch nie gegessen, daß des Herrn Winters Buchteln sozusagen der Gipfel, die kulinarische Idee der Buchtel war. Alle waren nun auch begeistert, man kniete sich, wie man so sagt, in die Buchteln, mit beiden Händen in den Mund stopfend, saß die ganze Familie um den großen Tisch und aß und aß und unterbrach nur hie und da für einen kleinen Moment das Essen, um sich die himmlische Qualität der Buchteln immer aufs Neue zu bestätigen und mit vollem Mund zu versichern, daß man jetzt bald nicht mehr könne. Aber der Herr Winter brachte nur immer mehr und immer noch bessere Buchteln immer schneller aus der Küche, ein Feuerwerk an Buchteln gewissermaßen, und als endlich alles, jeder körperlichen Regung unfähig, in die Sessel zurücksank, war es klar, daß Herr Winter den Wettlauf um Tante Anna gewonnen hatte, denn wer solche Buchteln, sagte mein Großvater, backen kann, muß eine gesegnete Hand haben. Das übrige war rasch abgemacht, fast erübrigten sich die Fragen nach dem Beruf (»Verwalter der bischöflichen Silberkammern«, sagte Herr Winter), und die Hochzeit wurde beschlossen. Sie sollte in Salzburg stattfinden, wohin auch ich mit meinen Großeltern fuhr.

Die Reise ging über Kitzbühel. Dort wollten meine Großeltern damals bereits hinziehen, und sie besichtigten bei der Gelegenheit das ›Objekt‹, in das sie später ihr Geschäft verlegten, und das meine Heimat für einige Jahre meiner Jugend wurde.

Es nahm – die Geschichte mit meiner Tante – natürlich ein trauriges Ende. Die Hochzeit war noch glänzend, obwohl man bereits wußte, daß der Schwiegersohn – nunmehr von meiner Warte aus ›Onkel Peter‹ – nicht so sehr Verwalter der bischöflichen Silberkammern als eher Museumsdiener im Residenzmuseum war. Auch daran kann ich mich erinnern, daß er etwas verlegen, mit einer Dienstmütze angetan, in einem Verschlag am Eingang der Residenz saß und Eintrittskarten verkaufte. Wir durften gratis hinein, soweit reichte seine Macht. Wie sich die Ehe meiner Tante im einzelnen einließ, weiß ich natürlich nicht. Im Krieg wurde Onkel Peter jedenfalls eingezogen. Es gelang ihm, irgendeinen kommoden Etappenposten zu beziehen, den er aber aus Leichtsinn verlor. Ich hörte verschämt von seiner Versetzung zu einer Strafkompanie reden, aber er fiel auch dort auf die Butterseite, denn er wurde Koch der Strafkompanie, und es trat der einmalige Fall ein, daß er von der Front Freßpakete nach Hause schickte. In Gefangenschaft geriet Onkel Peter scheint's nicht, denn kurz nach dem Krieg war er wieder in Salzburg. Das Residenzmuseum war durch Bomben zerstört. So wurde Onkel Peter Briefträger. Er trug nun tagaus tagein Briefe und Pakete für andere Leute nach Gnigl oder Maria Plein, und auf den langen Wegen kamen ihm so manche Gedanken, vor allem, daß er anderer Leute Pakete tragen mußte und er selber nie welche bekam. Er beschloß, diese Ungerechtigkeit zu korrigieren und zweigte Pakete für seinen Familienhaushalt ab, wobei er – begabt mit einer feinen Nase – diejenigen auswählte, die nach Wurst und Schinken rochen. Nun, das ging eine Zeitlang blendend, dann kam es auf. Onkel Peter wurde – wieder hörte ich verschämt davon reden – zu einer längeren Gefängnisstrafe verurteilt. Damals aber baute man gerade den großen Staudamm im Kapruner Tal. Den enormen Bedarf an Hilfsarbeitern deckte man mit Häftlingen, die dort arbeiten mußten, aber nicht weiter eingesperrt zu werden brauchten, weil das Tal sehr eng ausläuft und leicht gesperrt werden konnte und hinten von unübersteigbaren Gletschern begrenzt wurde. Onkel Peter kam anstatt ins Gefängnis nach Kaprun und mußte dort allerdings nicht Beton rühren oder Steine tragen, sondern kam wieder einmal in die Küche. Er arbeitete sich empor und wurde bald damit betraut, in den noch höhergelegenen Almen Milch, Butter und Fleisch auszuwählen, aufzukaufen und den Transport in die Häftlingsküche zu organisieren. Er lebte wie Gott in Frankreich. Wenn ihn meine Tante mit den Kindern besuchen kam, steckte er ihr regelmäßig große Pakete mit Käse, Wurst und Eiern zu, in der Stadt damals mehr wert als die Schätze der bischöflichen Silberkammer.

Entlassen, mußte sich Onkel Peter naheliegender Weise

um einen neuen Posten umsehen. Er wurde – was mich schon damals in Erstaunen setzte – Wachmann bei der Wach- und Schließgesellschaft. Über seinen weiteren Lebensweg weiß ich nicht mehr Bescheid, denn damals begann sein Verschwinden. Er verschwand zunächst für Tage, dann für Wochen, dann für Monate, für Jahre, endlich verschwand er – sozusagen in den Augen der Familie immer kleiner und kleiner werdend – für ganz. Meine Tante nahm alles hin, Gutes und Böses, in stoischer Ruhe.

*

Gewisse geographische und klimatische Gegebenheiten bewirken, daß Bad Gastein der unwohnlichste Ort der ganzen Ostalpen ist. In meiner Erinnerung erscheint mir der Ort für menschlichen Aufenthalt überhaupt ungeeignet. Tatsächlich gibt es kein Beispiel eines eingeborenen Gasteiners. Außer Kurgästen sind dort nur Hausdiener, Kellner und Zimmermädchen aufhältig – die sich saisonweise nach Gastein verdingen – sowie Amtspersonen, die dorthin versetzt werden. Frei gedeihen können Menschen dort nicht. Die topographische Gegebenheit Bad Gasteins spottet jeder Beschreibung, ich werde es dennoch versuchen: Bad Gastein liegt ganz am Ende des Gasteiner Tales. Der Talboden ist felsig, eine Schlucht, unbewohnbar. Gegen Süden schirmt – da das Tal sich nach Norden öffnet – ein Kranz von hohen Bergen jede Möglichkeit direkter Sonnenbestrahlung das ganze Jahr über ab. Auf halber Höhe also zieht sich um das halb-kesselförmige Talende eine Straße herum, beginnt am Bahnhof (der Zug verschwindet hinterm Bahnhof sofort im Tauerntunnel) und führt, gleiche Höhe behaltend, mit wenigen spitzwinkeligen Abzweigungen, im Halbkreis um den halben Kessel innen herum und hinaus zu einem sogenannten Bismarck-Park, auf den man in Bad Gastein besonders stolz ist, weil man von dort aus nach Hof-Gastein hinunterschauen kann, wo man manchmal die Sonne scheinen sieht. In der Mitte des Ortes, also an der tiefsten Stelle des beschriebenen Halbkessels, überspannt eine Brücke den berühmten Wasserfall, der von hoch oben heruntertost und unten im unbewohnbaren Talboden brausend die Gasteiner Ache bildet. Da der Wasserfall nun aber nicht gleichmäßig von oben herunterkommt, sondern von herausragenden Felsen unterbrochen wird, so daß das Wasser hin- und herspritzt, breitet sich über ganz Gastein ständig ein leichter Schleier von Wassertropfen. Abgesehen davon bewirken die hohen und engen Berge, daß sich jedes Wölkchen hier fängt, und daß es fast immer regnet.

An beiden Seiten dieser Straße stehen – nicht Häuser: Hotels. Da ich oft mit meinen Großeltern spazierengehen mußte, hatte ich Gelegenheit mir jedes Haus genau anzuschauen. Ich erinnere mich, daß es mir ein Zeitvertreib auf den langweiligen Spaziergängen war, nach einem Gebäude zu suchen, das kein Hotel oder keine Pension war. Abgesehen von einer Kirche gab es keine. Selbst im Rathaus waren Zimmer zu vermieten. Es gab viele kleine Fremdenheime und dergleichen, bestimmt aber ist die Erscheinung Bad Gasteins durch die großen, hundert- und tausendfenstrigen Hotels, die eng aneinandergeschachtelt vorn drei- und hinten zwölfstöckig – oder umgekehrt, je nachdem ob sie berg- oder talseits der Straße stehen – wie tibetanische Klöster in den Regen oder den sprühspritzenden Wasserfallschleier des stets schattenhaft-dämmrigen kalten Tales aufragen.

Das ständige feuchte Wetter, der Wasserfall und die mangelnde Sonne bewirken, daß in Bad Gastein alles sehr rasch fault und verfällt. Die tibetanischen Hotels sind grünlich, Holzmöbel zerfallen in der Regel nach einer Saison, ein Heer von Hausknechten und Zimmerkellnern ist stets damit beschäftigt, die unhaltbar sich verbreitende Moderschicht von den Betten, den Tischen, ja den Gästen zu kehren. Ratten gibt es in den besten Häusern, und nicht selten kommt es vor, daß – während man einen feuchten Frosch aus seinem Hemdkragen holt – eine Gruppe von Kellerasseln das Menü auffrißt. Ich weiß, warum Schuberts 7. Symphonie, die *Gasteiner Symphonie*, verschollen ist: Schubert hat das Manuskript unachtsam am offenen Fenster liegenlassen. Binnen einer Stunde war es verfault.

*

Meine Großeltern waren von ihren Reisen vor dem Krieg gewohnt, in den ›ersten Häusern‹ zu wohnen. In Bad Gastein mußten sie aber mit der »Pension Hollandia« vorlieb nehmen, denn alle größeren Hotels waren von amerikanischen Besatzungstruppen belegt. Nach Bad Gastein kamen offenbar nur kranke oder besonders hochrangige Soldaten, die daher über ausgiebige Zusatzrationen und viel Geld verfügten. Selbstverständlich zogen sie sofort ein Heer von Schwarzhändlern und Dirnen nach sich. Bad Gastein war in der Folge ein undurchdringlicher sumpfartiger Umschlagplatz von konterbandöser US-Ware. Wohlweislich hatten meine Großeltern – in der berechtigten Annahme, bloß mit den Reiselebensmittelkarten, die man jeweils beim Kellner abgeben mußte, verhungern zu müssen – zwei Koffer mit seltenen Textilwaren aus ihrem

Geschäft mitgenommen. Über Empfehlungen zweifelhafter Kitzbühler Feriengäste kamen sie – in der leicht moderfarbigen Halle des »Grand Hotels Bellevue« – ins Geschäft mit einem dicken Schwarzhändler. Durch komplizierte Transaktionen gelang es so, daß wir im »Bellevue« essen durften, in der »Pension Hollandia« frühstückten wir lediglich, und zwar in einer Veranda, die einige Schritte vom Haus entfernt war. Man mußte durch den morgendlichen Regen über nasse Steine in diese verfaulende Veranda mit teils blinden, teils gesprungenen, teils fehlenden Scheiben springen. Kübel mit grauen, vor Feuchtigkeit aufgedunsenen Blattpflanzen umstanden fauligfahle Tische, auf denen kalter Ersatzkaffee und Mischmehlsemmeln serviert wurden.
Eine Illustration zu den Verhältnissen damals in Bad Gastein berichtete mir später Anneliese Halbe, die Tochter Max Halbes. Sie war als Angehörige einer Theatergruppe zur Heeresbetreuung – mit dieser en bloc von den Amerikanern beschlagnahmt und zur Betreuung der US-Truppen eingesetzt – in Bad Gastein. Unglücklicherweise versuchte gerade in einer Nacht ihres Aufenthaltes die Militärpolizei, wieder einmal dem Dirnenunwesen Herr zu werden. Das geschah dadurch, daß – bis auf das weibliche Hotelpersonal und dergleichen – ausnahmslos alle Personen weiblichen Geschlechts in einer Großrazzia zusammengetrieben, am Bahnhof in Waggons verladen und jenseits des Tauerntunnels ausgesetzt wurden. Anneliese Halbe erzählte, daß sie, erfolglos schimpfend aus dem Bett geholt und einem Heer anderer zeternder, ebenfalls kaum und sogar unbekleideter Damen eingegliedert wurde, das sich bei jedem Aufenthalt vor dem nächsten Hotel um einige vermehrte. Zum Schluß zog sich – unter verdunkel-

ten Fenstern hervor mit bewaffneten und unbewaffneten Augen beobachtet – ein wälzender Strom größtenteils käuflicher Lust zum Bahnhof hinauf. In letzter Minute gelang es Frau Halbe unter Hinweis auf ihre quasi-militärische Funktion (die ihr ja fast Dienstmädchenstatus verlieh), der Deportation zu entgehen. Solche Aktionen aber hatten, sooft sie auch wiederholt wurden, keinen Erfolg. Sei es, daß anderes Material nachsickerte, sei es, daß die entblößten Damen mit Hilfe erotisch bestechlicher Lokomotivführer den Tauerntunnel in anderer Richtung wieder passieren konnten – in wenigen Tagen hatte sich der Lustpegel wieder eingependelt.

*

Zwar war meine Großmutter ursprünglich in der Absicht, eine Kur zu machen, nach Bad Gastein gekommen. Dort fehlte ihr allerdings plötzlich nichts mehr, und so wurde beschlossen, sich nur allgemein zu erholen. Die Hauptbeschäftigung waren deshalb ›ausgedehnte Spaziergänge‹, das heißt – andere Spaziergänge waren dank der einmaligen Lage Gasteins ausgeschlossen –, wir gingen jeweils vormittags und nachmittags einmal von der »Pension Hollandia«, die in der Nähe des Bahnhofs lag, durch den ganzen Ort bis hinüber zum Bismarck-Park, um nach Hof-Gastein hinaus die Sonne scheinen zu sehen. Ich zeterte jedesmal vor dem Aufbruch zum Spaziergang, aber erfolglos. Um mich wenigstens etwas zu beschäftigen, kauften mir meine Großeltern ein Buch, das ich in der einzigen Buchhandlung – die Bücher waren in wasserdichtes Zellophan eingewickelt – gesehen hatte: Michael Prawdins Buch über die Mongolen. Also verdanke ich dem

Aufenthalt in Bad Gastein immerhin die theoretische Bekanntschaft mit Dschingis Khan. Abgesehen von dieser erregenden Entdeckung – ich spielte in der Folge mehrfach mit dem Gedanken, anstatt des mittelalterlichen römischen Kaisertums das Mongolenreichs wieder einzuführen und die letzten Endes ja unvollendet gebliebenen Pläne Dschingis Khans zu verwirklichen – war der Kuraufenthalt in Bad Gastein todlangweilig, vom ewigen Regen und von Spaziergängen vergällt. Ein Mißklang kam auch für meine Großeltern in die – ich glaube, es waren vierzehn – Tage in Bad Gastein, und zwar durch die krankhafte Eifersucht meiner Großmutter. Zeit ihrer Ehe führte sie ein strenges Regiment über meinen Großvater, und seit ›dem damals in Innsbruck‹ beobachtete sie jede auch noch so harmlose Annäherung meines Großvaters an ein anderes weibliches Wesen mit vehementem Mißtrauen. ›Das damals in Innsbruck‹ war im ersten Weltkrieg passiert. Damals bewirtschaftete meine Großmutter bereits den »Höllerhof«, eine Gastwirtschaft in St. Jakob bei Bozen. Mein Großvater war Kaiserjäger-Sanitäter in Innsbruck. Vor der Abreise zum Regiment hatte meine Großmutter dem scheidenden Gatten eingeschärft, fremde Weiber und Wirtshäuser zu meiden. Mein Großvater versprach, es zu beherzigen. Der Dienst sei hart, schrieb er dann, die Kost schmal. Um ihn durch den Anblick der Familie und durch eheliche Liebe aufzuheitern, fuhr meine Großmutter eines Tages mit den Kindern nach Innsbruck. Sie fand meinen Großvater guter Dinge und in einer schmucken Uniform vor. Sie schöpfte sofort Verdacht. Als sie nach drei Tagen auf einem Spaziergang an einem hübschen Gasthaus vorbeikamen, in dem sie einkehren wollte, wunderte sich meine Großmutter über die seltsamen Ausflüchte, unter denen mein Großvater verhindern wollte, das Gasthaus zu betreten. Selbstverständlich bestand dann meine Großmutter erst recht darauf, hineinzugehen. Mein Großvater wurde von der reschen Kellnerin mit: »Ja, Servus Fritzl, ich hab' schon glaubt, du wärst g'storben, weil du drei Tag nimmer kommen bist«, begrüßt. Da meine Großmutter dennoch nicht gut die ganzen Feldzüge mitmachen konnte, hatte mein Großvater bis zum Kriegsende eine Gnadenfrist an Freiheit, ehe ihm Schritt und Tritt überwacht wurden. Nicht nur – wenn auch vor allem – Kellnerinnen, sondern auch jede Art weiblichen Hauspersonals, später selbst nähere und entferntere Bekannte ließen meine Großmutter wachsam werden. Wäre der Kanarienvogel nicht (ausweislich des tierhändlerischen Zertifikats) männlichen Geschlechts gewesen, auch auf ihn wäre meine Großmutter eifersüchtig gewesen.

Bei jenem Aufenthalt in Bad Gastein richtete sich das eifersüchtige Augenmerk meiner Großmutter auf ein älteres, buckliges Stubenmädchen namens Marie. Da ich während des ›Kuraufenthalts‹ kein eigenes Zimmer hatte, war ich – was mir sonst zu meinem Heil entging – Zeuge einer Auseinandersetzung im Gefolge einer eifersüchtigen Äußerung meiner Großmutter. Ein erregtes Hin und Her von Vorwürfen und Entgegnungen, in denen alle eingebildeten oder tatsächlichen Vorgänge bis hin zu ›dem damals in Innsbruck‹ aufgewärmt wurden, gipfelte in dem energisch geäußerten Entschluß meines Großvaters, das Dienstmädchen sofort umzubringen, um meiner Großmutter unter Beweis zu stellen, wie wenig sie ihm bedeute. Erregt nestelte er sein Taschenmesser aus der Listerhose, klappte es auf und schickte sich an, hinauszustürzen. Flehentlich hängte sich nun meine Großmutter an den mit nervösem Aufklappen des Taschenmessers beschäftigten Arm des Großvaters – er hatte zunächst in der Eile den Stopselzieher herausgeklappt. Mit großer Geste schleuderte der Großvater meine Großmutter von sich (auf die Chaiselongue). Da ihm aber in dem Augenblick einfiel, daß er Hausschuhe anhatte (der Mann von Welt, dachte mein sehr auf solide, wenngleich mit der Zeit hinter der Mode zurückbleibende Eleganz bedachter Großvater, der Mann von Welt trägt zum Mord keine Pantoffeln), begann er sich seine hohen Schnürstiefel anzuziehen. Sei es, daß er sich dadurch Gelegenheit zum ehrenhaften Rückzug geben wollte, sei es, daß es ihn wirklich beruhigte: kaum daß er den einen Schuh zugeheftet hatte, versprach er auf die herzzerreißenden Einreden meiner Großmutter hin, von seinem Plan Abstand zu nehmen. Da er aber seinen Schnürschuh nicht umsonst geschnürt haben mochte, zog er den anderen auch an, und wir gingen wieder einmal spazieren. Die »Villa Hollandia« hatte eine für das kleine Haus überdimensionale, fast hochstaplerische Eingangshalle, in deren Marmorfußboden ein großer, rostroter Stern eingelassen war. Fräulein Marie stand, als wir jetzt durch die Halle hinausgingen, neben dem Marmorstern und grüßte ahnungslos. Ich stellte mir vor: sie läge auf dem Stern, vom Taschenmesser des Großvaters durchbohrt, in ihrem Blute.

*

Den Ausklang des Aufenthalts in Bad Gastein bildete auf der Rückseite wiederum ein eisenbahnliches Ereignis von hohem Rang. Ob wir in Hochfilzen beim Verlassen der amerikanischen Zone wieder mit der Konditorspritze desinfiziert wurden, weiß ich nicht mehr. Als wir von Hochfilzen hinunterfuhren, war es bereits Nacht. Dennoch schaute ich – im Gang stehend – zum Fenster hinaus. Dabei bemerkte ich, daß aus dem Fahrgestell eines Waggons zwei, drei Wagen vor uns, immer heftiger Funken schlugen. Plötzlich brannte es irgendwie unten am Waggon. Hocherfreut stürzte ich ins Abteil, wo meine Großeltern und andere Passagiere vermutlich dösten oder schliefen, und schrie: »Der Zug brennt!« Die Erwachsenen im Abteil – die, einschließlich meiner Großeltern, der ja weitverbreiteten Ansicht waren, daß Kinder erst etwas lernen und in der Schule fleißig sein sollten, ehe sie sich solche Dinge, wie etwa einen D-Zug-Brand zu entdecken, zumuteten – bezeichneten meine Beobachtung als Hirngespinst. Da kreischte der notgebremste Zug. Es dauerte bis in die frühen Morgenstunden, daß der eilig evakuierte und gelöschte Waggon durch einen Spezialkran, der auf dem anderen Gleis herangefahren wurde, aus den Schieben gehoben wurde – Scheinwerfer beleuchteten die erregende Szene Hunderter mehr oder weniger rastlos tätiger Eisenbahner – und der Zug nach Kitzbühel weiterfahren konnte.

Es erübrigt sich, zu sagen, daß mir diese Erfahrung einen nicht geringen Vorsprung in eisenbahnlicher Kenntnis vor Egbert verschaffte, ja sogar vor dem Weichensteller Aufschnaiter, denen es bis dahin nicht vergönnt gewesen war, in einem brennenden Zug zu sitzen.

»Zur Flasche gewordener Geist« (1955)

Achtes Intermezzo

Osterpostkarten

Meine Sippe väterlicherseits war eine patriarchalische Familie im römisch-katholischen Sinn: der Vater – der zu der Zeit, an die ich mich erinnern kann, natürlich schon ›der Großvater‹ war – der Hausvater, das Familienoberhaupt, der Patriarch wurde nach außen hin geehrt, erfüllte Repräsentationspflichten, erledigte gelegentliche Gänge auf Ämter und hatte der Familie seinen Namen gegeben. Im Haus und im Geschäft regierte die Großmutter. *Sie* hatte das Geld und die Schlüssel. Ich weiß nicht, was die Feministinnen immer haben: nirgends habe ich eine so festgefügte Frauenherrschaften erlebt wie in patriarchalisch-tirolischen Großfamilien römisch-katholischen Zuschnitts. Der Patriarch, der Großvater, hatte nach Abschluß des Zeugungsvorgangs seinerzeit für Weib, Kinder, Familie, Geschäft jede Bedeutung verloren. Gelegentlich hörte ich Seufzer meiner Großmutter: es sei ihr im Grunde genommen unklar, wieso man diesen Menschen durchfüttert, noch dazu in einer so schweren Zeit. Sechs Kinder hatten meine Großeltern, fünf Söhne und eine Tochter. Bei der Vornamenswahl wurde dem Patriarchen noch ein gewisses Mitspracherecht eingeräumt. Die Geburt des ältesten Sohnes, des ersten Kindes, sei – wurde meine Großmutter selbst in hohem Alter zu erzählen nicht müde – sehr schwer gewesen; sie habe sie fast nicht überlebt. Die Großmutter erzählte das stets mit deutlich vorwurfsvollem Unterton gegen den Großvater, der dann auch immer schuldbewußt den Kopf senkte. Die Geburt sei *sehr* schwer gewesen, außerdem sei ihr das Kind äußerst ungelegen gekommen – das heißt: das Kind an sich nicht, nur der Zeitpunkt, zu dem sie es zur Welt bringen mußte. Sie wäre nämlich in Gründung eines Möbelgeschäftes begriffen gewesen. Das neue, junge Unternehmen, finanziell noch auf zarten Füßen, sei durch den wochenbettbedingten Ausfall der Gründerin fast wieder zugrunde gegangen. Daneben habe der Betrieb des gepachteten Gasthofes – des ›Höllerhofes‹ in St. Jakob bei Bozen – weitergehen müssen. Der Großvater – ›Tatti‹ nannte sie ihn – sei keine Hilfe gewesen. Er habe eigentlich nur – was auch wichtig sei, natürlich – mit den Stammgästen Karten gespielt. Eine schwere Zeit, alles in allem. Wenn nicht die Hilfe des heiligen Antonius gewesen wäre, außerdem die der heiligen Emerenzia von Weißenstein sowie der Drei Heiligen Fußabdrücke zu Schwarzquell im Geißenthal, denen allen sie je eine vierpfündige Kerze versprochen hätte in der Stunde ihrer Not, wäre es nicht gut gegangen. »Wofür ich den Tatti durchfüttere, kann mir kein Mensch sagen …«

So, in all diesen Wirrnissen, wollte die Großmutter den ältesten Sohn ›Schmerzensreich‹ nennen. Schmerzensreich Rosendorfer. Da muß der Patriarch Friedrich Rosendorfer doch irgendwie seine letzten Kraftreserven gegen das Matriarchat aufgeboten haben. Zwar mit dem Einwand: Schmerzensreich sei kein christkatholischer Vorname, drang er nicht durch, denn die Großmutter wies auf den Reinmichel-Kalender, in dem für den 11. September klipp und klar der Tag des St. Schmerzensreich, Bekenner und Märtyrer, ausgewiesen war. Aber die Bedenken meines

Großvaters, was ein mit dem Vornamen Schmerzensreich behaftetes Schulkind seitens seiner Kameraden zu erwarten hätte, konnte meine Großmutter nicht von der Hand weisen. So gab die Großmuter – vermutlich das letzte Mal in ihrem Leben – ihrem Mann nach. Der älteste Sohn wurde nach dem Vater schlicht Friedrich getauft.
Gelegentlich, noch viele Jahre später, als der Patriarch längst Großvater war – von den Enkel ›Atatta‹ genannt – muckte er noch auf, wenn die Großmutter zu lang vorrechnete, was die Zigaretten kosten, die Tatti so gern rauchte. Dann brachte er mit verhaltenem Groll die Sache mit ›Schmerzensreich‹ wieder aufs Tapet – mit Erfolg, einer der wenigen Triumphe, die ihm in seinem ehelichen Leben vergönnt waren.

In der Zeit nach dem Krieg, die in vielerlei Hinsicht fast schwerer war als die eigentliche Kriegszeit, war das Geschäft in der Bahnhofstraße in Kitzbühel – die bis 8. Mai 1945 ›Adolf-Hitler-Straße‹ hieß – nur mit Mühe zu betreiben. Eigentlich war es (und ist es heute wieder) ein Textilgeschäft, aber Textilien gab es kaum. Die Regale waren leer. Meine Großmutter und mein Onkel Fritz – jener älteste Sohn, der nur um Haaresbreite um den Vornamen Schmerzensreich herumgekommen war – wichen auf sogenannte nicht-bewirtschaftete Handelsgüter aus: Holzspielwaren und Andenkenartikel. Chefin war meine Großmutter, formal Inhaberin des Unternehmens; die Arbeit machte mein Onkel, außerdem war eine ›Ladnerin‹ da, also eine Verkäuferin, und ein Lehrling, der unter den oben genannten Umständen nicht viel mehr als Abstauben, den Hof kehren und Brotzeit holen lernen konnte. Pro forma, und um ihn nach außen hin nicht bloßzustel-

len, hatte meine Großmutter ihrem Mann Prokura erteilt, aber es war Sorge getragen, daß er im Geschäft kein Unheil anrichten konnte: er verrichtete nur Heizer-Dienste.
Es muß im Januar oder Februar 1946 gewesen sein, da ergab sich aber die verhängnisvolle Konstellation, daß doch einmal ›Tatti‹ für eine halbe Stunde allein im Laden war. Mein Onkel mußte aufs Finanzamt oder irgendwohin, mit dieser Besorgung überschnitt sich zeitlich, daß meine Großmutter ihren wöchentlichen Termin beim Friseur hatte, die Ladnerin war krank, der Lehrling in der Berufsschule. Es ergab sich eine Lücke von einer halben Stunde. In der Not – denn auch in schlechten Zeiten hielt meine Großmutter die Geschäftsmoral hoch: der Laden mußte unter allen Umständen offen bleiben – erinnerte man sich an den Prokuristen ›Tatti‹ und beorderte ihn, in der Hoffnung, daß in der halben Stunde, wo er allein sein wird, keine Gelegenheit haben werde, Unsinn zu machen.
Nicht ohne Stolz legte mein Großvater seinen blauen Schurz ab, den er über Hose und ›Gilet‹ immer quasi als Hauskleidung trug, schlüpfte in seine gute Anzugjacke und ging in den Laden. Ich ging mit. Das hatte einen Grund: ›Atatta‹ war ein leidenschaftlicher Leser der Sherlock-Holmes-Geschichten von Conan Doyle gewesen. In der Zeit, in der meine Großmutter in Bozen, vor der Übersiedlung nach Kitzbühel, neben der Möbelhandlung, von der schon die Rede war, und nachdem sie den ›Höllerhof‹ als nicht mehr rentabel genug aufgegeben hatte, auch ein Antiquitätengeschäft betrieb (Trödlerei sagte man damals), hatte sie einmal aus dem Nachlaß eines verschuldeten Barons einen Posten alten Geschirrs mit Goldrand und Krone, eine Statue des heiligen Amynthias von Segeste (es kann auch – ich erinnere mich nicht ge-

nau – der heilige Constantius von Forno gewesen sein) und eine Reihe gleich eingebundener Bücher angekauft. Das Geschirr verkaufte sie mit Gewinn weiter, die Statue stiftete sie der Franziskanerkirche (wo auch eine Frühmeß-Stiftung von ihr bestand: ›Frühmeß-Stiftung Frau Anna Rosendorfer: zur Erflehung von Hilfe zu günstiger Steuerveranlagung‹), die Bücher wollte sie eigentlich nicht kaufen, die mußte sie nehmen, weil sie das andere sonst nicht bekommen hätte. Bei den Büchern handelte es sich um eine komplette deutsche Übersetzung der Sherlock-Holmes-Geschichten von Conan Doyle. Die brachte mein Großvater auf die Seite und las sie. Er las sie alle mehrmals. Dann wurden die Bücher doch noch verkauft, aber ›Atatta‹ behielt die Geschichten vom großen Detektiv Sherlock Holmes in lieber Erinnerung, und als ich alt genug dazu war, erzählte er sie mir nach und nach. Zwischen der Lektüre der Geschichten und dem Wiedererzählen lagen wohl dreißig Jahre. In den Jahren machten die Geschichten im Gedächtnis meines Großvaters Wandlungen durch, vermischten sich, weiteten sich aus, verbanden sich mit eigenen Erinnerungen oder Erfindungen meines Großvaters, und was er mir erzählte, hatte wenig mit dem originalen Sherlock Holmes zu tun, war aber nicht weniger großartig.

Leider war mein Großvater sparsam mit seinen Erzählungen. Die Großmutter mochte es auch nicht gern, daß er dem Kind so unchristliches Zeug vorlog. In der vermutlich langweiligen halben Stunde, die im Laden zu erwarten war, hoffte ich, daß mir ›Atatta‹ zum Zeitvertreib wieder eine Geschichte erzählen werde. Deshalb begleitete ich ihn in den Laden und wurde so Zeuge eines Vorganges von gigantischem Ausmaß und nachhaltiger Wirkung.

Kunde kam in der halben Stunde keiner, es kam aber ein Vertreter, ›Reisender‹, wie es damals hieß. Er führte nur einen Artikel: Osterpostkarten. Es gibt keinen in der Familie, der sich an diese Osterpostkarten nicht erinnert. Man bedenke die schlechten Zeiten damals: die Postkarten waren auf hartes, holziges Papier gedruckt, glanzlos und einfarbig, das heißt, auf weißem Grund waren insgesamt vier Motive gezeichnet – Osterhase mit Osterei, Osterhase mit Palmzweig, zwei Osterhasen mit je einem Ei im Buckelkorb, zwei Osterhasen ein großes Osterei tragend. Jedes der Motive gab es in vier verschiedenen Farben: blau, grün, rot und gelb, insgesamt also sechzehn Muster. Besonders unerfreulich war die gelbe Ausführung, denn das matte Gelb hob sich von dem gelblichen Karton des Untergrundes kaum ab. Man konnte die Zeichnung nur erkennen, wenn man die Karte scharf schräg gegen das Licht hielt.

Der ›Reisende‹ legte seine Kollektion, die sechzehn Karten, vor.

»Hm«, sagte Atatta. Der Reisende blätterte in seinem Auftragsbuch zurück.

»Der ›Tscholl‹«, sagte er, »hat hundert Stück geordert.«

Der ›Tscholl‹ ist das größte Schreibwarengeschäft am Ort.

»Hm«, sagte Atatta. Der Reisende blätterte weiter zurück: »Der ›Skoslowski‹ achtzig.« Der ›Skoslowski‹ war der zweitgrößte Schreibwarenladen.

»Hm«, sagte Atatta.

»Der ›Schiestl‹«, sagte der Reisende – der ›Schiestl‹ war eine sogenannte Leihbücherei mit angegliederter, bescheidener Buchhandlung – »der ›Schiestl‹ fünfzig.«

»Zehntausend«, sagte mein Großvater.

Der Reisende schnappte nach Luft, aber nur kurz, dann

fing er sich, schrieb ganz schnell den Auftrag in sein Buch, Atatta setzte seine sehr schöne, von der leichtfertig erteilten Prokura gedeckte Unterschrift darunter, der Reisende klappte sein Auftragsbuch zu, raffte rasch seine Kollektion zusammen und verschwand.

Die alte und ehrwürdige Stadt Kitzbühel hatte damals etwa 9000 Einwohner, die Flüchtlinge, die sich in den letzten Kriegsmonaten angesammelt hatten, eingerechnet. Die lächerlichen Bestellungen der Firmen Tscholl, Skoslowski und Schiestl außer acht gelassen, hätte also jeder Einwohner Kitzbühels, vom Säugling bis zum Greise, mindestens eine Osterkarte bei uns kaufen müssen, tausend Einwohner sogar zwei, wenn die Bestellung meines Großvaters umgesetzt werden sollte. Als nach der halben Stunde mein Onkel wieder kam und der Patriarch Atatta wieder in den Heizungskeller entlassen wurde, sagte Atatta nichts. Einen Monat später aber kam ein Lastwagen mit einer Kiste. Es müsse sich um einen Irrtum handeln, sagte mein Onkel. Die mürrischen Fuhrleute ließen sich nicht darauf ein. Sie sagten, sie hätten nur den Auftrag, die Kiste abzuliefern, luden sie ab und stellten sie vor die Tür.

Eine Kiste mit zehntausend kartonschweren Osterkarten – vier Motive in je vier verschiedenen Farben. Eine kurze Korrespondenz mit der Lieferfirma deckte den Sachverhalt auf. Es war nichts zu machen, die Unterschrift des Großvaters galt. Mein Onkel schimpfte, meine Großmutter jammerte: nie mehr würde der Alte im Laden allein gelassen werden – aber das half für die gegenwärtigen, zentnerschweren zehntausend Osterkarten nichts mehr.

Vor Ostern 1946 wurden zweihundert Stück verkauft. Die restlichen 9800 wurden verpackt und für Ostern 1947 aufgehoben. 1947 wurden weitere 60 Stück verkauft. 1948 gab

es bereits wieder vielfarbige, glänzende Osterpostkarten, die 9740 Stück waren unverkäuflich. Es wurden allen Verwandten und Bekannten, deren Adressen man sich erinnerte, Ostergrüße geschrieben. Es blieben immer noch 9718 Karten. Es wurden auch nach Ostern, bis Pfingsten, ja sogar im Sommer noch Grüße auf Osterpostkarten verschickt. Ich kam 1948 nach München aufs Gymnasium: jede Nachricht, die ich von meinen Großeltern erhielt, war auf eine Osterpostkarte geschrieben, auch als ich schon auf der Universität war. Die gesamte Geschäftskorrespondenz der Firma Rosendorfer wurde durch Jahre auf Osterpostkarten geführt. Nach einiger Zeit begann man, Kunden beim Kauf irgendeines Artikels – inzwischen gab es ja wieder Textilien, die Regale füllten sich – als Zugabe eine Osterpostkarte beizupacken. Unter dem Ladentisch – die ›Ladenbudel‹ sagte man damals – lag immer ein Stoß solcher Osterpostkarten. Es sprach sich herum. Manche Kunden sagten schon:
»Bitte ein Paar Socken Größe elf – aber ohne Postkarten.«
Mein Onkel, meine Großmutter, die Ladnerin packten dennoch bei – ein rascher, verstohlener Griff unter die Ladenbudel, vor dem Einschlagen der Ware ... wieder zehn weniger.
Der Vorrat in der Kiste, die im Magazin stand und Platz wegnahm, schmolz kaum merklich. An den Seiten waren die Stapel so hoch wie zu Anfang, nur in der Mitte bildete sich mit der Zeit eine leichte Mulde. Atatta verwendete die Karten zum Anheizen. Als Abortpapier eigneten sie sich nicht, weil sie zu hart waren. Mitte der fünfziger Jahre verlegte mein Onkel das Geschäft in ein anderes Haus näher ans Ortszentrum. Die Kiste übersiedelte mit. Der Boden der Kiste war noch nicht zu sehen.

Meine Großmutter starb. Alle erwarteten, daß Atatta nun aufleben werde – nein, er versank rätselhafterweise in Melancholie. Er kam in ein von Nonnen geleitetes Altersheim. Die Schwester Oberin klagte mir einmal ihr Leid: keiner mache beim Baden so einen Zirkus wie der alte Rosendorfer. Sie, die Oberin, hat gegen alle Vorschrift die Badepflicht für den alten Rosendorfer eh schon von einem Bad pro Woche auf ein Bad pro Monat herabgesetzt. Aber auch da wehre er sich mit Händen und Füßen und würde entweder bös oder weinerlich. Einmal habe er sich vor ihr auf die Knie geworfen und mit aufgehobenen Händen gefleht: bitte nicht baden – es rentiere sich nicht mehr in seinem Alter. Vier stämmige Nonnen hätten ihn dann ins Bad tragen müssen. Allerdings, so fügte die Schwester Oberin versöhnlich hinzu, die schönen Osterkarten, die der Onkel immer mitbringe, freuten sie schon – und immer gleich so viele.

Fast zehn Jahre überlebte mein Großvater die Großmutter. Sein Begräbnis, bei dem die Sargträger mit dem Trinkgeld ein paar Osterpostkarten bekamen, war bescheiden, aber würdig.

Beim Anfertigen des Aquarells
von Seite 205
in Lavis im Trentino

»Professor im Regen«
(1955)

Neuntes Intermezzo

Keine Spur von Kyselack

Mein Großvater war ein glühender Verehrer von Joseph Kyselack. Wissen Sie, wer Joseph Kyselack war? Nein, natürlich nicht. In neueren Lexika nimmt Kybernetik soviel Raum ein, daß kein Platz mehr für die Erwähnung Kyselacks bleibt. Joseph Kyselack, ein frühvollendeter k. k. Registratur-Accessist an der Hofkammer in Wien, daselbst 1795 geboren und 1831 gestorben, machte sich dadurch buchstäblich einen Namen, daß er – wie es in Meyers Konversations-Lexikon von 1896, Band 10, ›Kaustik bis Langenau‹, heißt – »seinen Namen überall, selbst an den höchsten Felsen der von Touristen besuchten Gegenden«, anbrachte. Selbstverständlich hatte Kyselack auch Kärnten bereist (zu Fuß, nebenbei bemerkt), und als ich vor vielen Jahren widerwillig mit meinen Großeltern nach Pörtschach fuhr, äußerte mein sachkundiger Großvater im Angesicht der majestätischen Karawanken, daß, wenn irgendwo, Kyselack sich hier an diesen Wänden verewigt haben müsse, an diesen Wänden, die einen förmlich zwingen, seinen Namen in gigantischen Lettern anzubringen, selbst wenn man nur Rosendorfer und nicht Kyselack heißt. Noch im Zug beschloß mein Großvater, nach Spuren der Kyselackschen Gigantomanie zu suchen, und im Hotel fragte er den Portier, noch ehe er nach den Zimmerschlüsseln verlangte, ob der Portier Kyselack kenne.

»Der Herr wohnt nicht bei uns«, sagte der Portier.
Mich interessierte Kyselack kaum, und die Aussicht auf langwierige Spaziergänge war denkbar ungeeignet, das Interesse an dem verewigten k. k. Hofkammer-Registratur-Accessisten zu wecken. Mich faszinierte ein Umstand, der für die Erholungsindustrie Kärntens charakteristisch ist: die donnernde Nähe der Eisenbahn am Hotel.
Kärnten hat eine Reihe von Seen, die landschaftlich sozusagen erstklassig liegen. Das müssen auch die Verkehrsexperten früh erkannt haben, denn fast alle Seen sind korsettartig mit einem hautengen Straßengürtel umgeben, und wenn eine Eisenbahnstrecke in die Nähe eines Sees gelangt, so zwängt sie sich womöglich noch zwischen Straße und See. Die Hotels ›Seeblick‹, ›Waldesruhe‹, ›Alpenheim‹ oder ›Dreimäderlhaus‹ liegen dann nochmals entweder zwischen Straße und Bahn oder zwischen Bahn und Straße. Ohne Zweifel ist die Angabe auf dem Prospekt: »Herrlicher Blick auf den Wörther See« richtig. Den Blick hat man auch, wenn nicht grad der Tauernexpreß in Augenhöhe vor der Frühstücksterrasse vorübersaust und kleinere, leichtere Feriengäste durch den Sog ein paar Hotels weit mitreißt.
Nun, ich hielt mich stets am Tisch fest, und meine Großeltern zählten nicht zu den leichtgewichtigen Gästen, im Gegenteil: mein Großvater stand damals in einer Wette um ein Faß Bier, daß er bald 100 kg Lebendgewicht erreichen würde (er schaffte es nie, bei 99 kg brach der Krieg mit seinen Lebensmittelmarken aus, mein Großvater fiel auf 70, 60 Kilo zurück und erholte sich nie mehr davon), und meine Großmutter näherte sich bereits deutlich sichtbar der Kugelform. Diese Kugelform war auch der Grund, warum wir nach Kärnten fuhren. Meine Großmutter

wollte abnehmen. Sie glaubte, der bloße Aufenthalt in einem für seine mineralischen Heilkräfte berühmten Landstrich mache schlank.

»Hier *muß* doch Kyselack«, sagte mein Großvater und blickte von der Terrasse aus versonnen über den See hinüber zu den schroffen Abhängen der Gailtaler Alpen, »hier *muß* doch Kyselack...« Da rauschte zu meinem Entzücken der Nachmittagsexpreß in Richtung Villach. Die Kellner sprangen den leichteren Gästen nach und fingen sie nach Möglichkeit ein, meine Großmutter schrie auf, ich hielt mich fest, begeistert die Waggons zählend, das Geschirr rasselte am Tisch, und als der Spuk vorbei war, tupfte mein Großvater mit der Serviette die Rußflecken von seiner weißen Lüsterjacke und fuhr fort: »... *muß* der Kyselack irgendwo Kyselack hingeschrieben haben.«

»Gestatten Sie: Vioral ist mein Name.«

Erstaunt sahen wir, daß ein sehr kleiner alter Herr unter unserem Tisch hervorgekrochen kam. Es handelte sich um einen Gast des Hotels ›Jägerfriede‹, des übernächsten Hauses, und er war vom Eisenbahnsog zu uns gestrudelt worden. Der Kellner erbot sich – entsprechend einer stillschweigenden Übereinkunft zwischen den Hotels – den Herrn Vioral zurückzutragen. Herr Vioral lehnte aber dankend ab. »In fünfundzwanzig Minuten kommt aus der anderen Richtung der ›Panslawia‹-Expreß, mit dem gehe ich wieder mit zurück.«

Es war dann eine angeregte Unterhaltung, obwohl auch Herr Vioral Kyselack nicht kannte. Mein Großvater bestellte Wein, Herr Vioral trank zwei Gläser oder drei, man plauderte über dies und das. Mein Großvater erzählte von seinen 99 Kilo und von Kyselack, und plötzlich kam ein fernes Donnern.

»Gestatten, habe die Ehre«, sagte Herr Vioral; ein mächtiger Luftzug rauschte auf, die schwarzen Räder des Expreß wirbelten vor unseren Augen, ein Flattern, noch ein kurzer Gruß, und Herr Vioral war wieder weg.
Herr Vioral kam dann noch öfter, manchmal schon mit dem Morgenschnellzug. Wir erfuhren viele Einzelheiten über sein Darmleiden, über Herrn Kyselack erfuhren wir nichts. Da auch der sonst so genaue Baedeker keine Auskunft gab, beschloß mein Großvater, die Eingeborenen zu befragen. »Man muß sich natürlich an die alten Leute wenden«, sagte er, »die sich noch erinnern.«
Wir nutzten die Pause zwischen einem Güterzug und dem Mittagstriebwagen und spazierten die Promenade der Bahnstrecke entlang. Da kam uns tatsächlich eine sehr alte Frau in einem bodenlangen Kleppermantel mit einer Tragtasche am Schulterriemen entgegen. Die Frau blickte mißmutig und unfreundlich. »Das ist eine Einheimische«, konstatierte mein Großvater. Als er sie anredete, wurde ihr Gesicht noch eine Spur mißmutiger und unfreundlicher: die Dame war eine holländische Sommerfrischlerin. Nach diesem Fehlschlag wollte mein Großvater ganz sichergehen. Er ließ zahlreiche mißmutige und unfreundliche Erscheinungen in bodenlangen Kleppermänteln unangesprochen passieren und wagte eine neuerliche Anrede erst, als eine ganz besonders alte Frau mit einem schier unüberbietbar verhärmten und verrunzelten Gesicht, die eine Lodenkotze trug, uns entgegenkam. Aber selbst diese Dame war eine Holländerin. Mein Großvater schloß aus dieser Erfahrung, daß es gar keine Kärntner gibt.
»Wenigstens nicht in der Saison«, sagte Herr Vioral, der am Spätnachmittag wieder einmal zu uns geweht wurde. Gegen Ende unseres Sommeraufenthaltes in Kärnten rü-

stete mein Großvater zu einer Expedition nach Kyselacks Spuren auf eigene Faust. Es gelang uns eines Tages, die den See umgebende Straße zu überqueren, und wir marschierten zu dritt in den dicht von Holländerinnen in bodenlangen Kleppermänteln (seltener in Lodenkotzen) bestandenen Wald. Bald ging es aufwärts. Meine Großmutter mußte an einer Bank mit Rundblick auf mindestens drei Eisenbahnknotenpunkte zurückgelassen werden. Mein Großvater und ich stiegen weiter in die immer noch stark von Holländerinnen durchsetzte Einsamkeit hinauf. Nach langem Suchen fanden wir eine, allerdings recht bescheidene, Felswand. Bereits recht ermüdet, untersuchte sie mein Großvater ziemlich lustlos. »Keine Spur von Kyselack«, sagte er, »ist wohl alles schon verwittert.«
So fanden wir nichts, das vom k. k. Hofkammer-Registratur-Accessisten auf uns gekommen wäre. Aber immerhin hatten wir Herrn Vioral kennengelernt, der es sich nicht nehmen ließ, als wir abreisend mit dem Zug an seinem Hotel vorbeifuhren, sich zwei, drei Häuser weit mitsaugen zu lassen.

Der verhinderte Musiker (ca. 1980)

»Weinberg im Trentino«
(Lavis, 1954)

Zehntes Intermezzo

Gott und der ganze Krempel

Meine Großeltern, bei denen ich von meinem neunten bis zum fünfzehnten Jahr lebte, verwendeten äußerste Sorgfalt auf meine religiöse Erziehung. Meine Großmutter – sie stammte aus Stilfs im oberen Vinschgau, aus einer kargen und armen Gegend, wo, der Überzeugung bin ich, heute noch so gute Kelten leben wie in Schottland oder in Wales – war so katholisch, daß sich der Papst zu Rom eine gute Scheibe davon hätte abschneiden können. Manche unserer heutigen Kirchenfürsten sind, wenn ich es so rückschauend betrachte, schiere Protestanten gegen meine Großmutter. Sie vermittelte mir einen unauslöschlichen Schatz von Sprüchen, die von »Schweig still, mein Herz, und singe« bis »Tue Gutes, wirf's in's Meer, sieht's der Fisch nicht, sieht's der Herr« reichten, außerdem tiefe, ober-vinschgauerische theologische Einsichten wie etwa, daß Martin Luther während des Stuhlganges vom Teufel geholt worden sei. Die besondere Vorliebe meiner Großmutter galt dem heiligen Antonius, besser gesagt: einem der heiligen Antonii, welchem? Hagiologischen Haarspaltereien war sie abhold. Sie war nervös, außerdem wie alle abergläubischen Menschen stets ängstlich darauf bedacht, keinen Hut auf ein Bett zu legen (bringt häuslichen Kummer), keine Schuhe auf den Tisch zu stellen (bringt unliebsame Begegnungen) und nicht unter einer Leiter

durchzugehen (man verliert Geld am dritten Tag). Sie sperrte alles zu, auch vor der Familie: die Kassette mit dem Geld, die Kassette im Schrank, das Zimmer, in dem der Schrank stand, und weil sie nervös war, war sie ständig auf der Suche nach den Schlüsseln. Der heilige Antonius, also einer der vielen Heiligen, die Antonius hießen – vielleicht war meine Großmutter der Auffassung: derjenige wird es schon wissen, den es betrifft –, wird zur glückhaften Auffindung verlorener Gegenstände angerufen. Zeitweise dürfte der betreffende heilige Antonius vollauf damit beschäftigt gewesen sein, die Dutzende verlegter Schlüssel meiner Großmutter zu suchen. Er bekam ab und zu eine Kerze vor sein Bild in der Kirche, zumal er auch – etwas außerhalb seiner Zuständigkeit – beim Geldzählen nützlich war. Einmal zählte meine Großmutter die Tageseinnahme des Geschäftes: neun Hundertschillingscheine. Sie erschrak – laut Kassastand hätten es zehn sein müssen. Also war jemandem falsch herausgegeben worden. Meine Großmutter legte das Bündel Banknoten beiseite – ein tiefsinniger Stoßseufzer und siehe da, es waren, beim zweiten Zählen, zehn Hundertschillingscheine. Der heilige Antonius hatte einen dazugelegt. Wenn ich nur wüßte, seufzte meine Großmutter, *welchen*.
Unter solchen Umständen war es das wenigste, was von mir verlangt wurde, daß ich jeden Sonntag in die Kirche ging. Sehr gern hätte es meine Großmutter gesehen, wenn ich Geistlicher geworden wäre, da sich schon keiner ihrer fünf Söhne zu dieser Laufbahn entschließen hatte können. Um mich auf den geistlichen Beruf vorzubereiten, hatte sie mir – ich war vier oder fünf Jahre alt – eine klerikale Ausrüstung geschenkt, so wie man anderen Kindern eine Ritterrüstung schenkt oder eine rote Fahrdienstleiter-

mütze mit Signalkelle und Pfeife. Ich bekam eine kleine Monstranz, einen kleinen Kelch und sogar, eigens angefertigt, ein kleines Meßgewand. Ich hätte, erzählte sie später, mit vier, fünf Jahren ganz reizend in kindlicher Weise das Lesen der Messe nachgeahmt; sie wäre sicher gewesen, daß ich dereinst Geistlicher werde. Mit zehn Jahren paßte mir das kleine Meßgewand nicht mehr, außerdem wollte ich zu der Zeit Pilot werden. Aber am Sonntag in die Messe gehen mußte ich, selbstverständlich.

Daß man bei so intensiver religiöser Erziehung als Kind nicht dazu kommt, über Gott nachzudenken, versteht sich von selbst. Man nimmt ihn samt dem heiligen Antonius als notwendiges Übel hin, zumal es in der Messe immer fürchterlich langweilig war, da der Pfarrer so lang predigte und nie über Dinge, die mich interessierten, nie über Flugzeuge, nicht einmal über solche der zivilen Luftfahrt. (Erst viele Jahre später war ich imstande, den Predigten des Pfarrers Joseph Schmied von Kitzbühel zuzuhören und festzustellen, daß sie rhetorische Kunstwerke waren, die dieser äußerst kluge und witzige Mann an die stumpfen Ohren der Kitzbühler Pfeffersäcke verschwendete. Wie jeder intelligente Priester, aber das ist eine ganz andere Geschichte, war er bei seinen Oberen nicht gut angeschrieben.)

Einmal, erinnere ich mich, predigte der Pfarrer, daß er eigentlich umsonst predige, denn diejenigen, wetterte er, die die Predigt hören, die beträfe es nicht. Diejenigen betreffe es, die draußen bleiben. – Ich schlug daraufhin meinen Großeltern vor, den Pfarrer beim Wort zu nehmen und in Zukunft draußen zu bleiben, da es uns ja nichts anging. Mein Großeltern gingen nicht auf den Vorschlag ein.

Der Religionsunterricht in der Schule, das ist vielleicht

dem Erzählten nachzuschicken, war, kurz nachdem ich zu meinen Großeltern gekommen war, also etwa 1943 oder 1944, von den Nazi abgeschafft worden. Vielleicht hätte mir ein guter Katechet das verschafft, was man heute Denkanstöße nennt. Ich dachte gern nach, daran hätte es nicht gelegen. Aber die finstere Tiroler Frömmigkeit meiner Großmutter ließ keinen Raum für das Denken.

Der erste eigene Gedanke an Gott kam auf eine seltsame, blasphemische Weise. Aber um dies zu erzählen, muß ich weiter ausholen.

Fünf Söhne hatten meine Großeltern und eine Tochter. Die Tochter war in Salzburg verheiratet und weit weg. Vier Söhne waren im Feld (drei »blieben dort«, wie es damals euphemistisch hieß), der fünfte, älteste mußte das Geschäft weiterführen, wurde eine Zeitlang unter diesen Umständen freigestellt, dann aber drohte doch auch ihm die Einberufung. Meine Großeltern überlegten hin und her – es gab nur einen Ausweg–: mein Onkel mußte zur Partei und sich dort unentbehrlich machen. Mein Onkel, alles andere als ein Nazi, sträubte sich, ich weiß es noch genau, wahrscheinlich wäre er wirklich lieber zum Militär gegangen, aber meine Großeltern flehten und jammerten, auch hatte möglicherweise der heilige Antonius seine Hand im Spiel: mein Onkel wurde stellvertretender Ortsgruppenleiter. Nun lebt man in Tirol nicht nur finster und fromm, sondern auch gemütlich und hat einen Sinn fürs Praktische. Als die Amerikaner einmarschierten, wurden alle verhaftet, die bei der Partei waren, auch mein Onkel. Es stellte sich aber heraus, daß die Ortsgruppe Kitzbühel der NSDAP Vermögen hatte: ein Haus, Geld, Außenstände, Büroinventar und so weiter. Irgendwie mußte das abgewickelt werden. Der neue Bürgermeister sagte: es

muß ein Abwickler her, ein Liquidator. Wer wußte am besten Bescheid? Natürlich der Ortsgruppenleiter und sein Stellvertreter, mein Onkel. Die beiden wurden daraufhin aus dem Gefängnis entlassen und zu Liquidatoren bestellt. Die Liquidation zog sich hin; so einfach ist so etwas nicht. Aber das ist eine andere Geschichte, auch, daß die Korrespondenz der Liquidatoren sauber auf dem NSDAP-Papier mit dem Hakenkreuz im Briefkopf geführt wurde. Rätselhafterweise verfügte die (muß man sagen *weiland?*) Ortsgruppe Kitzbühel auch über Spielsachen, unter anderem über eine elektrische Eisenbahn, Marke Trix, Spur HO – tipp-topp mit Schienen, Transformator, Lokomotiven und Waggons, fabrikneu verpackt. Meine Großeltern kauften diese Eisenbahn aus dem Bestand der Ex-NSDAP, und so war ich wohl das einzige Kind weit, weit um, das zu Weihnachten 1945 eine neue elektrische Eisenbahn geschenkt bekam.
Aus dem Spiel mit der elektrischen Eisenbahn entwickelte sich eine eigene Kultur im Kleinen. Auf die Dauer ist es langweilig, nur den Regler aufzudrehen und die Lokomotive im Kreis herumsausen zu lassen. Ich richtete also Stationen ein, verwendete die verschiedenfarbigen Männchen aus Mensch-ärgere-dich-nicht-Spielen als Passagiere, gab Fahrkarten aus. Bald zeigte es sich als unerläßlich, daß ich einen Fahrplan erstellte, endlich kam ich nicht mehr darum herum, Geld auszugeben. Ich erinnere mich genau, daß zu diesem Zeitpunkt mein Eisenbahnspiel zu kompliziert wurde, um außer meinem Freund und sozusagen gleichgesinnten Teilhaber Egbert, fremde Kinder zum Mitspiel einzuladen. Nur noch wir allein durchschauten den Zivilisationsmechanismus, der uns manchmal bereits lästig war. Aber es kam noch schlim-

mer. mit der Emission von Geld kam Handel auf. Wir mußten Waren herstellen, die dann mit den Güterwägen befördert wurden. Die Post kam auf, damit die Briefmarken. Waren die Geldscheine (hergestellt mit Hilfe eines Stempelkastens mit beweglichen Lettern) noch eher schlicht gehalten, so verwendeten wir auf die Briefmarken große gestalterische Sorgfalt, stellten mittels einer Lochzange mühsam die Zähnung her und erfanden sogar ein Verfahren zur Gummierung. Wer aber sollte auf der Vorderseite im Bild dargestellt werden? Ein Staatsoberhaupt ließ sich bald nicht mehr umgehen. Ich wählte die ansprechendere Staatsform der Monarchie und krönte mich selber zum Kaiser Herbert I. Der entscheidende Unterschied aber, das ahnte ich, zwischen der ansprechenden, märchenartigen Staatsform der Monarchie und der weit spröderen republikanischen ist, daß in der Monarchie die Staatsoberhäupter so schöne römische Nummern haben. Ich war und blieb aber Herbert I. Das gab nichts her. Also delegierte ich die Kaiserwürde an eines der Mensch-ärgere-dich-nicht-Männchen (»Herbert II.«), das durch eine Krone aus Plastilin gekennzeichnet wurde und eine Dynastie gründete. Vor einigen Jahren fand ich noch die Stammtafel (in ein Schulheft geschrieben), die sich weit verzweigte und bis zu Herbert IX. hinaus- oder hinunterreichte. Und dann, nachdem meine Kreatur Kaiser über meine anderen Kreaturen war, war es nur noch ein Schritt. Wo blieb ich? Ich bin, so überblickte ich die Lage, nichts anderes als Gott. Gott Herbert, der legendenhafte Gründer der Dynastie, der zwar nicht unbewegte, aber allmächtige Beweger des Ganzen. Ich ließ die Mensch-ärgere-dich-nicht-Männchen antreten, um mich anzubeten.

Aber wie schwer ist es, ein Gott zu sein! Nicht, daß das Führen der Bankkonten, das Einziehen der Steuern (die Kaiser Herberte mußten schließlich auch von was leben) stundenlange Vorbereitungen an Papierkrieg erforderten, ehe der erste Zug sich in Bewegung setzen konnte, daß Geburt und Tod wenigstens der adeligen Oberschichten registriert werden mußten (aus welchen Schichten sich die erblichen Pfründen der Fahrdienstleiter, Bahnhofsvorstände und Rangiermeister, aber auch der Feldmarschälle und dergleichen rekrutierten), daß ich belohnen und bestrafen mußte, ein Schloß aus Karton im passenden Maßstab bauen und an der Verfassung feilen, nicht das alles wuchs mir über den Hals: es wurde mir zuviel, daß ich für die Männchen *denken* mußte. Fahre ich, mußte ich zum Beispiel für das schlichte, namenlose Männlein denken: von Herbertsburg nach Herbertstadt oder nach Herbertshofen? Und wenn nach Herbertstadt – mit dem D-Zug oder mit dem Eilzug? Und für den Kaiser mußte ich daneben die schwierigsten Staatsentscheidungen fällen. Bei Konkursen, Zugzusammenstößen und Erbfolgekriegen mußte ich mich sogar in die konträren Gedankengänge der Kontrahenten versetzen – was so ein Gott nicht alles leistet.

Ich war oft nahe daran, den ganzen Krempel hinzuwerfen. Aber da bedachte ich: dann rührt sich gar nichts mehr. Ich war in meiner eigenen Schöpfung gefangen. Ich habe da einiges durchgemacht, was kein Erwachsener meiner Umgebung auch nur geahnt hat. Heute weiß ich: 1. Kinder denken mehr, als man meint, und 2. ich könnte es mitfühlen, wenn ER den Krempel hinwürfe.

*»Professor im Regen
bei starkem Wind« (1955)*

Elftes Intermezzo

Weinprobe bei den Benediktinern

Das alte Bozen liegt östlich der Talfer. Wer über die Talferbrücke geht, verläßt eigentlich die Stadt, auch wenn er es längst nicht mehr merken kann. Jenseits der Talfer liegt Gries. Bozen, die alte Handelsstadt, deren Anfänge sich in so legendäres Dunkel römischer und keltischer Vergangenheit verlieren, daß sie nicht einmal ein Gründungsjubiläum feiern kann – das zweitausendste wäre es wohl bald –, flößte selbst den Landesfürsten gehörigen Respekt ein, denn hier gibt es keine Burg. So einen Zwinger hätten die stolzen (und wohl auch stets etwas bornierten) Kaufherren nicht geduldet. Aber in Gries, kurz jenseits der Talfer, bauten die fürstlichen Herren sich ein Schloß. Im übrigen war Gries ein Weinbauerndorf bis ins vorige Jahrhundert hinein. Später dann konkurrierte es recht bescheiden mit den großen Kurorten Tirols und wäre wohl ein nobles Bad geworden, wenn nicht Bozen in der Nähe gewesen wäre. Rudimente einer Kurpromenade gibt es noch, und wenn man durch den alten Grieser Friedhof geht, sieht man neben den Grabsteinen alter Tiroler Familien (v. Aufschnaiter, u. Walther) solche mit überraschenden Namen – »stummes Niederfallen fremder Sterne« – »Wüllerstorf-Urbair« zum Beispiel; der österreichische Weltumsegler, Kommandant der k.u.k. Korvette »Novara« ist hier begraben. Aber Meran hatte Gries längst überflügelt, als

in den dreißiger Jahren endgültig der Schlußstrich unter die Selbständigkeit des Grieser Gemeinwesens gezogen wurde. Gries wurde eingemeindet und ist heute von Bozen überwuchert.
Die landesfürstliche Burg steht noch. Ihre mächtigen braun-roten Quader beherrschen den Grieser Platz, der sonst noch ein wenig von der Idylle eines Dorfplatzes bewahrt hat, besonders wenn Markt ist. Die Front des alten Schlosses ist aufgebrochen durch eine barocke Kirchenfassade, so hoch wie die Burg, überragt nur von einem Kirchturm, dem man den alten Bergfried noch recht gut ansieht.
Die Burg hat ein ganz eigenartiges Schicksal erlebt. Im 12. Jahrhundert hat die Gräfin Mathilde von Valley, die Herrin auf Schloß Greifenstein, ein Augustinerkloster in den Auen südlich von Bozen gestiftet. Nun sind die Augustiner keine Mönche, sondern Chorherren – mit der Betonung auf Herren. Askese hat ihnen wohl nie recht gelegen. Als die dafür zweifellos anfälligen Auen bei Bozen ein paar Mal im Frühjahr überschwemmt wurden, machten die Chorherren sich beim Fürsten vorstellig. Das Stift sei, sagten sie, so gut wie unbewohnbar. Herzog Leopold IV. – die Habsburger waren inzwischen Herren von Tirol geworden – schenkte 1406 die landesfürstliche Burg in Gries den Chorherren, die dann fast vierhundert Jahre hier saßen, bis Kaiser Joseph II. auch dieses Stift auflöste. Im 19. Jahrhundert wurde das Gebäude der Kirche wieder zurückgegeben, allerdings nicht den Augustinern. Die Benediktiner des altberühmten Klosters Muri in der Schweiz übernahmen es. Seitdem heißt das Kloster »Muri-Gries«. Die Patres stammen oftmals aus der Schweiz, so auch der wohl bedeutendste Bewohner dieses Klosters in unserem

Jahrhundert: Pater Oswald Jaeggi. Kurz bevor Oswald Jaeggi 1963 – grad 50 Jahre alt – starb, habe ich ihn kennengelernt. Ich verdanke ihm einen buchstäblich tiefen Einblick in das Kloster Muri-Gries. Aber erst ein Wort zu Pater Jaeggi. Der promovierte Musikwissenschaftler leitete seit 1950 die Musik im Kloster, belebte das Musikleben Südtirols durch die Kantorei »Leonhard Lechner« und schuf eine Reihe von beachtlichen Kompositionen, geistliche, aber auch weltliche. Er war eine pralle Figur voll Leben und Kraft, nicht unangefochten in mancher Hinsicht, eine barocke Figur, wie sie dem Land nicht schlecht ansteht und Jaeggis wolkensteinischem Namensvetter.

Es war im Herbst 1962. Pater Jaeggi lud mich ein, den Wein im Klosterkeller zu kosten. Dazu muß man sagen, daß das Kloster seit eh und je mit Weingütern gesegnet ist. Nicht das schlechteste zieht sich hinter dem Kloster – heute mitten in der Stadt – bis weit gegen die Talfer hin, bedroht von den gierigen Augen der Bodenspekulanten, die hier gern Hochhäuser sähen. Der heilige Augustin möge seine Hand noch möglichst lang schützend über diesem Weinberg halten.

Ich läutete an der Klosterpforte. Zuerst führte mich Pater Jaeggi ein wenig im Kloster herum. Da ich männlichen Geschlechts bin, machte das keine Schwierigkeiten. Über einer Tür stand nämlich: Clausur. Kein weiblicher Fuß entweihte je diese Schwelle und die klösterliche Stille dahinter. Das Refektorium ist ein großer kahler Raum, weißgetüncht und mit schweren Türen aus dunklem Holz. Die Tische waren schon gedeckt. Von einem erhöht stehenden Pult, sagte Pater Jaeggi, lese während der Mahlzeit umschichtig jeweils ein Pater aus der Heiligen Schrift oder aus den Kirchenvätern. Aber auf weißen Tischtüchern standen kostbare Porzellanteller, lag Silberbesteck, blütenweiße gefaltete Servietten lagen daneben, und hinter jedem Teller standen drei verschiedene Gläser – für Weißwein, für Rotwein und für Dessertwein. Dann führte mich Pater Jaeggi in seine Zelle. Eine schwere geschnitzte Eichentür, für die jeder Neureich den Gegenwert zweier Mittelklasseautos hingeblättert hätte, führte in diese Zelle: ein Wohn- und Schlafzimmer von Salongröße, in Eiche getäfelt, Bücher über Bücher an den Wänden, in der Mitte des Wohnzimmers ein Flügel. Noten lagen herum. Es war eine großzügige und doch behagliche Klause ernsten Schaffens. (Immerhin hat Jaeggi eine große Kantate auf einen Text des Kasperl-Grafen Pocci geschrieben.) Warum sollen es sich die Mönche nicht auch einrichten im Leben?

Der Keller war so zwei, drei Stockwerke tief. Riesige Weinfässer standen herum. Geschäftige Laienbrüder stiegen Leitern herauf und herunter, prüften den Wein, zogen auf Flaschen ab. Immer tiefer stiegen wir hinab, immer dunkler wurde es. Ganz unten in der Kühle des untersten Kellergrundes stand in einer kleinen Kellerkammer, zugänglich über eine schmale Steinstiege, ein riesiges Zierfaß, davor ein schmaler Tisch und daneben hatten grad noch zwei rohe Bänke Platz, abgewetzt von – salva venia – Generationen von Benediktiner-Hintern. »Hier sitzen wir ganz gern im Sommer«, sagte Pater Jaeggi, »wenn es draußen heiß ist.«

Und dann brachte der Kellermeister seine Flaschen. Unetikettiert – er hielt sie nur in der Hand und hob sie gegen das Licht. An den fast unmerklichen Farbunterschieden erkannte er Lage und Jahrgang. Er schenkte mir immer wieder ein.

Und ich probierte alle diese gesegneten Flaschen. Natürlich gab es gottgefälligen Speck und Käse und Brot dazwischen. Wieviel heilige benediktinische Promille ich nachher gehabt habe, wüßte ich nicht mehr zu sagen.

Mit meinem Freund Prof. Lothar Pauckner
im Park von Bomarzo bei Rom (1987)

»Professor« (1955)
(jetzt bin ich selber einer)

Zwölftes Intermezzo

Mein erstes Buch

Meine literarische Karriere hat mit einer Verwirrung des Justizwachtmeisters der Staatsanwaltschaft Bayreuth begonnen, der an einem Donnerstag im Mai 1966 den Telephondienst besorgt hat. Es kam nämlich ein Anruf aus Zürich. Nie, solange die Staatsanwaltschaft Bayreuth – eine eher beschauliche Behörde – stand, zumindest nie, soweit der diensthabende Telephonwachtmeister zurückdenken konnte, hat irgend jemand aus *Zürich* dort angerufen. Die Verwunderung des Wachtmeisters wurde nicht dadurch kleiner, daß der Anruf nicht dem Oberstaatsanwalt galt, sondern dem dienstjüngsten Assessor. Der war ich. Am anderen Ende der Leitung, in Zürich, sprach Daniel Keel, der Inhaber des Diogenes Verlags.

Ich hatte bis dahin zwar eine Menge geschrieben, aber so gut wie nichts veröffentlicht. Das hatte mehrere Gründe, vor allem den, daß ich mich davor fürchtete, Manuskripte zu verschicken. Die Absagebriefe – meist vorgefertigte Schreiben – kränkten mich. Die innere Festigkeit, wurstig über solche Briefe hinwegzugehen und das Manuskript an den nächsten Verleger zu schicken, hatte ich nicht. Nach vier solcher Absagebriefe (Piper, Langen-Müller, Otto Müller und Bertelsmann) beschloß ich, der Kränkung, dadurch auszuweichen, daß ich keine Manuskripte mehr verschickte. Ich suchte keinen Verleger mehr, ich wartete, bis ein Verleger mich suchen werde. Mein Freund und

Kollege, der Wiener Journalist und Schriftsteller Ludwig Plakolb, sagte dazu: »Das ist ungefähr, als ob du warten würdest, daß dich ein Meteor trifft.«
Offenbar bin ich also eine große Ausnahme, einer, den ein Meteor getroffen hat, der Diogenes-Verleger Daniel Keel aus Zürich. Wie der auf mich kam, hatte auch seine Geschichte. Das hängt mit einem weiteren Manko zusammen, das mich damals behinderte: ich bin Tiroler, und was ich schreibe, zählt man manchmal zur österreichischen Literatur. Die österreichische Literatur galt damals nichts, heute hat sich das geändert. Aber als Tiroler war ich hie und da gnadenweise in österreichischen Literaturalmanachen vertreten, und so ein Almanach fiel Paul Flora in die Hände, dem, wie er mir später sagte, wohltuend mein Beitrag aufgefallen war, was nicht so sehr mein Verdienst gewesen ist, sondern auf den Umstand zurückzuführen, daß der Hauptteil solcher Almanache – schon immer – aus Gedichten bestanden hatte, die erfahrungsgemäß langweilig, zumindest einförmig sind. Ein Prosabeitrag sticht da heraus.
So legte Paul Flora ein zusammengefaltetes Blatt Papier in den Almanach, dort, wo meine Geschichte anfing (es war die burleske Skizze »Über das Küssen der Erde«), gab ihn Daniel Keel und sagte: »Lies das.«
Daniel Kees las es und verwirrte den telephondiensthabenden Wachtmeister der Staatsanwaltschaft Bayreuth, indem er nach der Lektüre sogleich den dort tätigen Assessor Rosendorfer anrief.
Das war am Donnerstag. Nun war es, muß ich einräumen, nicht so, daß Daniel Keel von der Lektüre so hingerissen war, daß er sogleich meine Stimme hören mußte. Vielmehr war er am Samstag drauf in München und wollte mit mir

sprechen. Für einen Brief – den ein sparsamer Schweizer Verleger in unsicheren Fällen vorzieht – wäre die Zeit zu knapp gewesen.
Ich war damals an den Wochenenden meist in München. Dort traf ich dann auch Daniel Keel. Er fand es fürchterlich zum Lachen, daß es in Bayreuth eine Staatsanwaltschaft gab.
Er bot mir daher an, in der Reihe, die es damals im Diogenes-Verlag gab, *Bayreuth für Anfänger* zu schreiben (was ich dann im Lauf des Jahres tat, es wurde mein zweites Buch), und fragte, ob ich mehr solche Geschichten wie *Über das Küssen der Erde* habe. Eine ganze Schublade voll. Ich schickte ihm den Inhalt der Schublade – das Porto erschreckte mich angesichts meiner damaligen Finanzlage –, und es erschien die Erzählung *Die Glasglocke* im Sommer 1965.
Diese Erzählung hatte ich 1953 geschrieben. Ich irre mich über diese Jahreszahl nicht. Es war nämlich das Jahr meines Abiturs, und ich weiß, daß ich in den Tagen und Wochen vorher und danach die Geschichte schrieb. Es ist nicht zu leugnen, daß sie im Grundzug starke Ähnlichkeit mit Dino Buzzatis Roman *Il deserto dei Tartari* hat. Das ist zwar im Original 1940 veröffentlicht, aber erst 1954 auf deutsch erschienen. Da ich längst nicht so gut Italienisch konnte, um das Original zu lesen, konnte ich also Buzzatis Roman nicht gekannt haben.
Mit Entsetzen allerdings habe ich etwas später Sylvia Plaths *Glasglocke* in einer Auslage stehen sehen. Ich habe mich beim dortigen Verlag beschwert, worauf man mir ein Gratisexemplar übersandte. Ich las es und stellte beruhigt fest, daß es einer jener langweiligen autobiographischen Romane ist, in denen erfolgversprechende Jungautoren

den Leser mit der Schilderung eigener Seelennöte belästigen. Weil ihnen nichts anderes einfällt.
Nun ja, sagte ich mir, so ein großartig origineller Titel, wie ich es mir eingebildet hatte, ist *Die Glasglocke* scheint's auch wieder nicht. Bin ich froh, um P. G. Wodehouse zu zitieren, daß mein Buch unter die hundert besten Bücher der Saison mit dem Titel *Die Glasglocke* aufgenommen wurde.
Im Sommer 1965 fuhr ich – das erste Mal – in die Schweiz. Sofort stellte ich fest, daß das tiefe Wort meines Freundes Gerald Biesinger stimmt: »Es hat auch einen gewissen Charme, wenn in einem Land alles funktioniert.« Und außerdem nahm ich – es gibt kein anderes Wort für das, was da in mir aufkam – ergriffen das erste Exemplar meines ersten Buches entgegen, im Diogenes-Verlag, damals noch im legendären Verlagsstockwerk in der Rämi-Straße. Und jetzt zitiere ich Hemingway: was wünsche ich mir von der Fee mit den drei Wünschen? Einen weiß ich: noch einmal zum ersten Mal ein eigenes Buch entgegennehmen.

»Fleischfressender Drache jagt vegetarischen« (ca. 1980)

Dreizehntes Intermezzo

… ich geh' zu Fuss nach Bozen

Gegenden nördlich des Alpenhauptkammes sind aus klimatischen Gründen für Menschen unbewohnbar. Die Gegenden nördlich des Alpenhauptkammes sind von September an durch Wolken und Nebel von der Sonne abgeschnitten; von etwa Mitte Januar bis zum Mai bedeckt eine meist schmutzig-weiße Schicht verfestigten Wassers (sog. Schnee) den Boden und erstickt alles Leben (außer dem von Eisbären, Polarfüchsen, Wölfen und was es sonst noch so gibt); von Juni bis September regnet es, worauf wieder der Winter einsetzt. Außer kargen Moosen und Flechten kann nördlich des Alpenhauptkammes nichts gedeihen. Menschen können in diesen unwirtlichen Gegenden nicht hausen. Das Aufblähen einer Zivilisation oder gar einer Kultur ist völlig ausgeschlossen. Gegenden nördlich des Alpenhauptkammes sind also aus klimatischen Gründen für Menschen unbewohnbar.
Ich kann nicht leugnen, daß gewisse Indizien gegen meine Behauptung sprechen. So zum Beispiel: Es leben – recht und schlecht – doch Menschen nördlich des Alpenhauptkammes. Ich will hier nicht untersuchen, ob das eine der geheimnisvollen Launen der Natur ist, oder ob schlichte Notwendigkeit die armen Menschen zwingt, in jener Schnee- und Regenhölle zu hausen, weil südlich des Alpenhauptkammes nicht alle Platz hätten. Auch meine

herzlosen Eltern sind seinerzeit einer geheimnisvollen Laune der Natur gefolgt (damals nannte man das: den Ruf des Führers), sind von südlich des Alpenhauptkammes nördlich desselben gezogen und haben meine Geschwister und mich im zarten Alter der Unbill der mörderischen Schneetundren im damaligen »Traditionsgau Oberbayern«, genauer gesagt in der »Hauptstadt der Bewegung« ausgesetzt. Das war 1939. Der Winter 1939/40 war einer der kältesten in Europa, seit Temperaturen notiert werden. Meine Mutter entfernte heimlich die Bilder jenes Führers, dessen Ruf sie an die Packeisgrenze gefolgt war, von den Wänden. Sie, die Bilder, zusammen mit »Mein Kampf« und Görings gesammelten Reden brannten etwa eine halbe Stunde und gaben nur mäßig warm. Danach schwor meine Mutter, daß sie, falls es ihr gelingen sollte, jemals wieder südlich des Alpenhauptkammes zu siedeln, mit ungekochten Erbsen in den Schuhen eine Wallfahrt nach Weißenstein hinauf machen wollte. Nach dem fast noch kälteren Winter 1940/41 schwor sie zusätzlich, den Weg von München nach Bozen zu Fuß zurückzulegen. Sie hätte es getan, aber es war ihr nicht vergönnt. Sie starb nördlich des Alpenhauptkammes und ist dort in der frostigen Erde begraben. Ein treuer Freund hat uns ein paar Steinbrocken vom Rosengarten mitgebracht, die jetzt auf dem Grab liegen. Es war nicht sehr einfach, den Zöllnern zu erklären, warum man ein Auto voll Steine ins unfreundliche Nordland mitschleppt. Die Zöllner vermuteten Uran, Diamanten oder sonst etwas Verbotenes. Aber das ist eine Geschichte für sich.

Den Schwur meiner Mutter aber habe ich übernommen: ich gehe zu Fuß hinüber. Aber ich fürchte, wie die Dinge so stehen, wird es auch mir nicht vergönnt sein, aber vielleicht hinterlasse ich grad so viel, daß man mich wenigstens nicht in den sturmumtosten Tundren begräbt, sondern in einem Eck im alten Grieser Friedhof, wenn das nicht zu unbescheiden ist. Von der Mauer aus kann man eine kleine Allee von Platanen sehen, die mein Großvater gepflanzt hat, als meine Mutter geboren wurde.

Bozen ist die erste größere Stadt südlich des Alpenhauptkammes. Das hat zu Mißverständnissen geführt. Goethe auf seiner »Italienischen Reise« hatte das Gefühl, auf dem Brenner Italien zu betreten. Strenge Südtiroler verzeihen ihm das nicht; sie hätten lieber, Goethe hätte das Gefühl erst an der Salurner Klause gehabt. Aber Goethes »Italien« war kein politischer Begriff. Es war für ihn Arkadien. 1786 konnte das wohl auch nicht anders sein, denn ein faßbares Italien gab es damals nicht.
Über Südtirol haben sich in den mehr oder weniger dunklen 2000 Jahren seit Augustus politische Systeme hin- und hergeschoben und überlagert. Wer hat nun wen verdrängt? Die Römer sind anno 15 vor Christus zweifellos als Eroberer ins Land gekommen – und haben die Bevölkerung unterdrückt. Tiroler allerdings konnten die Römer selig nicht unterdrücken, denn die Tiroler waren damals noch nicht in Tirol. Dort saßen Kelten, danach Goten, danach Langobarden, dann die Bajuwaren, alle hatten den Eindruck, daß Gegenden nördlich des Alpenhauptkammes für menschliches Leben unbewohnbar sind, und strömten über den Brenner nach Arkadien, wobei dahingestellt bleiben mag, was sie darunter verstanden. Mit ihren vorgängigen, ortsansässigen Arkadiern gingen sie dabei nicht zimperlich um, genausowenig wie die Tiroler, wie sie endlich Fuß gefaßt hatten, mit den Sendboten des

christlichen Glaubens, die aus dem Welschland kamen. Drei kappadokische Missionare wurden in Nonsberg dadurch gemartert, daß ihnen die heidnischen Hirten so lange ihre Lieder vorsangen (»ululato carmine diaboli« heißt es in den Märtyrergeschichten), bis die Missionare tot umfielen. Sie wurden sozusagen zu Tode gejodelt. Ich habe einmal im Gasthof »Rose« in Völs einen Hirten vom Schlern jodeln hören. Seitdem habe ich einen Begriff von den Nonsberger Martyrien. Aber erstens waren und sind die Nonsberger womöglich gar keine Tiroler – oder aber, wenn die Nonsberger Tiroler sind, sind die Tiroler keine Tiroler – und zweitens hindert das Verhalten ihrer Vorfahren die heutigen Tiroler nicht daran, so katholisch zu sein, daß selbst der Papst zu Rom dagegen als Atheist erscheint. 1918 sind dann die Römer, die sich jetzt Italiener nannten, wiedergekommen. Sie nahmen das Land bis zum Brenner und sagten, sie hätten ein Recht darauf, weil sie früher dagewesen seien. Die Tiroler sagen, sie sind länger dagewesen. Aber in Bozen hat es seit eh und je Italiener gegeben. Vor dem Ersten Weltkrieg lebten in Bozen 10% Bozner, die als Muttersprache italienisch sprachen. Kaiser Franz Joseph antwortete 1909 bei der Centenarfeier des Aufstandes von 1809 der Huldigung des Landeshauptmanns Dr. Kathrein mit einem Dankwort von 21 Zeilen. 17 Zeilen davon sprach der Kaiser deutsch, 4 Zeilen italienisch. Das entsprach dem Bevölkerungsproporz von Deutsch-Tirol. Niemand war den neuen Italienern in Tirol nach 1918 mehr gram als die alten Tiroler Italiener, an die sich die 4 Zeilen des kaiserlich-königlichen Dankwortes gerichtet hatten.

So türmen sich Quadern von Geschichte über dieses Land. Die Mussolini-Faschisten überzogen es mit einem

Netz aus erzwungenener Einwanderung von Italienern, Auswanderung von deutschen Tirolern, mit teils segensreichen, teils unsinnigen technischen und wirtschaftlichen Neuerungen. Dem Tiroler Speckknödel fügte sich die pasta asciuta harmonisch hinzu, und mancher meint, daß die Tiroler in Bozen dank des italienischen Einflusses (oder weil sie vor den Unterdrückern auf der Hut sein mußten) um einiges weniger langsam und eigensinnig sind als die Tiroler nördlich des Brenners.

Auch die eigene Erinnerung ist uneinheitlich und vielschichtig. Die eigene Erinnerung an die erste Kinderzeit ist überlagert von den Erzählungen der Mutter, die in den rauhen Steppen nördlich des Alpenhauptkammes nicht müde wurde, von den blühenden Magnolien im Park der Villa Wendland in Gries zu erzählen, dies wieder überlagert vom Erleben des Erwachsenen – ich habe noch die Nachtigallen singen gehört in den Granatbäumen auf der Guntschna-Promenade; ich war auf Besuch in Bozen, nur auf Besuch, und war in meinem Zimmer in der Pension »Sonnenheim« hinter dem Weingarten des Klosters Gries gerade am Einschlafen, als mich dieser Gesang weckte; ich weiß seitdem, was es heißt, wenn gesagt wird, daß Nachtigallen *süß* singen. Die Chemie hat die Schädlinge vernichtet, von denen die Nachtigallen lebten. Die Nachtigallen haben sich eines Tages überflüssig gefunden. Wenn sie noch da sind, so singen sie nicht mehr, zumal eine Autostraße jetzt bis Jenesien hinaufgeht und die Granatbäume von Benzinqualm umweht werden.

Es ist etwas wie eine Polyphonie der Sphären. Die Stadt ist dunkel, von der Hitze des Tages noch warm. Nur an der Talfer weht die kühle Luft aus dem Sarntal heraus. Sanft durchweht der Duft von Speck, von Olivenöl und

Parmesan die Stadt. Der Rosengarten färbt sich in das hinlänglich bekannte Glühen. Die Silhouette des Penegal zeichnet sich gegen den Himmel in einem unnennbaren Violett ab. Es ist ein arkadisches Licht. Nördlich des Alpenhauptkammes fegt der Eissturm über die Iglus der gepeinigten Menschen, die dort wohnen. Ich schwöre, ich gehe zu Fuß ... aber das habe ich, glaube ich, oben schon erwähnt.

Noch ein Baum in der Toscana,
diesmal leicht japanisch (1983)

Vierzehntes
Intermezzo

Et habui clavem ego

Sind 120 Jahre der Rede wert, wenn man in Rom lebt? »Wenn man in Rom *lebt* –« Was ist das Kriterium dafür, ob man in Rom nur als Tourist herumkrebst oder aber in Rom *lebt*? Daß man einen Hausschlüssel hat? Eine – wenngleich nur temporäre – eigene Telephonnummer? Die Hemden in der Tintoria waschen läßt, deren Besitzerin sich immer über das Datum irrt, an dem die Hemden fertig sein sollen? Anfangs bin ich immer zweimal hingegangen, dann habe ich gemerkt, daß die Tintoraia (kann man so sagen?), wenn sie mich drohend nebenan meinen Espresso trinken sah, schnell die Hemden aufbügelte. Vielleicht ist es übertrieben, aber ich hatte zwei Monate lang das Gefühl, in Rom nicht als Tourist zu sein, sondern zu *leben*. Die touristische Adjustierung fiel nach und nach von mir ab. Ich konnte sogar schon auf römisch Auto fahren. Einmal besuchte mich für ein Wochenende ein Freund mit seiner Frau. Ich holte die beiden vom Flughafen-Terminal am Piazzale dei Partigiani ab und fuhr sie zu ihrem Hotel. Ungefähr auf der Hälfte der Strecke, als ich dort an der Stazione Termini bei *Rot* rechts abbog – wer tut das nicht – ächzte die Frau des Freundes: »Ich wollte, ich wäre daheim.« »Für den deutschen Straßenverkehr«, sagte mein Freund, »bist du verlorengegangen.«
Es war nie so, auch früher nicht, als ich da in Hotels wohnte und ununterbrochen *besichtigte*, daß ich in Shorts

und mit umgehängtem Videogepäck in der Stadt herumlief, aber man muß wohl so eine innere touristische Adjustierung haben, die es den Andenkenverkäufern am Petersplatz ermöglicht, Touristen sofort zu erkennen und daraufhin zu belästigen. Die italienische Post ist, wie jeder weiß, pünktlich, schnell und zuverlässig. Es gibt nur einen Haken, der diese grundsätzliche Pünktlichkeit, Schnelligkeit und Zuverlässigkeit etwas hemmt; die Briefkästen werden nicht geleert. Würden die Briefkästen geleert, kämen die Briefe pünktlich, schnell und zuverlässig an, aber – sie werden eben nicht geleert, jedenfalls nur sehr zögerlich, und nach einem eher undurchsichtigen System. Ich habe Anlaß zur Vermutung, daß Briefkästen, je weiter sie von einem Postamt entfernt sind, desto seltener geleert werden. Die Vaticanpost ist vielleicht unpünktlich, langsam und unzuverlässig, aber sie hat den Vorteil, daß sie ihre Briefkästen leert. Ich habe, solang ich in Rom war, viele Briefe geschrieben, schon wegen des schönen Absenders: »I–00161 Roma, Largo di Villa Massimo 1«. Alle paar Tage bin ich zum Petersplatz gefahren und habe dort am vaticanischen Postamt die Briefe aufgegeben. Bei einer solchen Gelegenheit hatte ich den Triumph: der bauchladenbewehrte Belästiger, der dort lauerte, *würdigte mich keines Blickes*. Offenbar hatte ich, den römischen Hausschlüssel in der Tasche, jede touristische Ausstrahlung abgelegt.

Thorwaldsen hat angeblich nach dreißig Jahren in Rom gesagt, er beginne die Stadt zu verstehen. Wenn ich alles zusammenrechne, war ich alles in allem ein knappes Jahr in Rom, davon die zwei Monate am Stück in der Villa Massimo. Das ist also natürlich rein gar nichts gegen Thorwaldsen, und dennoch habe ich mich erfrecht, schon zwei Bücher über Rom zu schreiben und, nicht genug damit, sechs römische Klavierstücke zu komponieren. Eins der Klavierstücke, eine Tarantella, heißt: ›Eine Hexe auf der Lupa Capitolina reitend‹. Eine Frechheit? Die Lupa hat mich auch beim letzten, leider wieder leicht touristischen Aufenthalt, nicht gebissen, also bin ich beruhigt. Hundertzwanzig Jahre: eine der Straßen, die zur Via Nomentana und damit zur Villa Massimo führt, ist die *Via Venti Settembre*. Im Omnibus 62 – eine Stammlinie, wenn man in der Villa wohnt – habe ich einen deutschen, mehr noch: schwäbischen Oberstudienrat seine Familie aufklären hören: »Das ist die Straße der Septemberwinde.« Die Septemberwinde 1990 waren zeitweilig schlimm, Scirocco. Ich habe manche Tage unter dem Scirocco gelitten, aber selbst das ist ein Privileg, denn es bedeutet ja, daß man in Rom lebt. Ja: lebt, nicht *ist*. Wer nur ein paar Tage dort ist, dem macht kein Scirocco etwas aus, weil er ja das Tagespensum erfüllen und den Hotelpreis abarbeiten muß und folglich keine Zeit hat zu leiden. Trotzdem ist die Via Venti Settembre nicht nach dem Herbst-Scirocco benannt, sondern nach dem 22. September 1870, einem Dienstag, an dem die Savoyarden neben der Porta Pia eine Bresche in die Aurelianische Mauer schossen, wonach der päpstliche General Hermann Kanzler (ein Badenser) den Widerstand einstellte und die National-Italiener in die neue Hauptstadt des geeigneten Königreichs einzogen. Der 120. Jahrestag dieses Ereignisses wurde in dem Herbst, in dem ich in Rom war, gefeiert – seltsamerweise selbst in der kritischen ›Repubblica‹ ohne jeden Zweifelsvorbehalt. Sicher: der Papst hat damals eher eine komische Figur abgegeben, aber war die Eroberung Roms durch die Savoyarden wirklich nur erfreulich? Allein das Geschwür der weißen

Zahnprothese an der Piazza Venezia, das sozusagen eine fast direkte Folge der Eroberung war, müßte rückblickend zu denken geben.

Man steigt an der Haltestelle aus, die nach der Villa Torlonia kommt. Die Villa Torlonia ist ein Denkmal römischer Halbherzigkeit. Hier war Mussolinis Privatwohnung, ein eher kleiner Palazzo in einem großen Park. Gewohnt hat er aber eigentlich doch nicht hier, sondern bei Claretta Petacci. Nach dem Sturz 1943 mußte Mussolinis Familie ausziehen, seitdem steht die Villa leer und verfällt. Ein Mausoleum seltsam bewältigter Vergangenheit: sie wird nicht abgerissen, sie wird nicht restauriert. Sie wird ignoriert, und mehr oder weniger heimliche Faschisten führen ihre Enkel in den Park und deuten mit zitternden Fingern auf die Treppenstufen, wo einst ... aber in der Oper steht ja auch groß über der Bühne, daß Mussolini, der Duce, das Haus renovieren hat lassen. Vielleicht bewältigt ein Volk seine politische Vergangenheit nur, indem es sie unbewältigt läßt.

Man muß ein paar Schritte zurückgehen von der Haltestelle, dann in die Via Antonio Nibby einbiegen. Da ist man schon fast am Ziel, das braun-rote Pförtnerschlößchen der Villa ist schon zu sehen. Die römischen Straßenschilder sind selbstverständlich aus Marmor, selbst die solcher kleinen und wenig prominenten Straßen wie der Via Alessandro Nibby. Die Buchstaben sind eingemeißelt. Der Steinmetz hat sich bei der einen Tafel ganz am Ende links, wo die Straße in den Largo di Villa Massimo mündet, geirrt. Er hat »VIA ANTONIO NIBBI« gemeißelt. Mühevoll hat er dann den i-Punkt mit dem Strich verbunden und einen schrägen Balken zwischen dem zweiten B und dem ehemaligen I gequetscht. So ist das Schild ungefähr gerettet. Der Steinmetz hat, vermute ich, nicht angenommen, daß sich einer, der Nibbi heißt, hinten mit Y schreiben könnte, wie ein Engländer. Er war aber ein Italiener, vielleicht englischer Herkunft? Einer der vielen Abkömmlinge von denen, die die Lupa gebissen hat, daß sie nicht mehr fortkonnten? Alessandro Nibby war Topograph. Er hat 1838 bis 1841 die wohl erste wissenschaftlich fundierte Arbeit über antike und moderne (also im Sinn von 1838 moderne) Topographie Roms in vier Bänden herausgegeben, die heute unbezahlbare Kostbarkeiten sind: ›Roma nell'anno MDCCCXXXVIII‹.

Das große Tor der Villa Massimo wird nur zu feierlichen Gelegenheiten geöffnet. Die Stipendiaten und Ehrengäste benutzen üblicherweise die in das Holztor weiter rechts eingeschnittene grüne Tür. Auch ich hatte zu dieser Tür einen Schlüssel gehabt. (ET HABUI CLAVEM EGO ...) Die Tür ist hoch eingeschnitten, man muß einen hohen Schritt tun, um einzutreten. Die Altersgrenze für Stipendiaten ist das vollendete vierzigste Lebensjahr. Die Altersgrenze für Ehrengäste ist diese Tür: wer den hohen Schritt nicht mehr schafft, ist ausgemärzt. Ich schaffte ihn noch.

»Sommer-Moor« (Pichlach 1953)

Fünfzehntes Intermezzo

Woran ich glaube

Ich glaube, daß die Menschen schlecht sind. Dennoch soll man sich gegenseitig nicht schlecht behandeln, weil alle ungefähr gleich schlecht sind. Das ist das Fundament meiner humanitären Anschauung.
Die Menschen sind schlecht, weil sie – oder besser gesagt: einzelne von ihnen – erheblich intelligenter sind als die übrigen Bewohner der Erde, insgesamt aber nicht intelligent genug, um die Vernunft zur Richtschnur ihres Handelns zu machen. Vor allem aber sind die Menschen schlecht (im Sinn von schädlich), weil es von ihnen zu viele gibt.
Die Menschen, und unter ihnen namentlich das, was man die weiße Rasse nennt, haben in dem uns überschaubaren geschichtlichen Zeitraum die Welt mit einer Blutspur geschundener Individuen überzogen. Die Geschichte der Menschheit ist eine nahezu lückenlose Folge von Kriegen, Verwüstungen, Peinigungen, Grausamkeiten. Die Geschichte der Menschheit ist eine ziemlich übelriechende Abfolge von praktizierten Hackordnungen. Der jeweils im Augenblick Stärkere hat den Schwächsten, der ihm greifbar war, abgeschlachtet. Auf nichts hat der Mensch mehr Erfindungsgabe verwendet als auf die Methoden des Tötens. Das Kamasutra zählt etwa siebzig oder achtzig Grundarten des Vollzugs der körperlichen Liebe auf, der Schematismus der Inquisition kannte an die tausend Ar-

ten, wie man einen Menschen zu Tode foltern kann. Vergleichbare Anstrengungen seiner Erfindungsgabe hat der Mensch nur an den Tag gelegt, wenn es darum ging, das Töten und Quälen anderer religiös, moralisch oder ethisch zu rechtfertigen.

Man kann allerdings heute nicht mehr sagen, daß die Menschen aus ihrer schandhaften Geschichte nicht gelernt hätten. Die Minimalgrundlagen des welthistorischen Schrekkens haben die Menschen, oder zumindest ein Teil von ihnen, nach dem Ende des Zweiten Weltkrieges begriffen. Seitdem, und das ist immerhin über vierzig Jahre her, hat es zumindest keine *erklärten* Kriege mehr gegeben. (Ein Aphorismus Albin Kessels: »Kriege brauchen nicht mehr erklärt zu werden; man kennt sie inzwischen.«) Seit dem Ende des Zweiten Weltkrieges hat niemand mehr gewagt, einen wirklich bedingungslosen Krieg zu entfesseln. Er ist nur noch als latente Drohung da, was immerhin ein Fortschritt ist. Es spricht nicht für die Lernfähigkeit des Menschen, daß es des Infernos des Zweiten Weltkrieges bedurft hat, um ihm wenigstens *ein* welthistorisches Auge zu öffnen.

Weiter glaube ich daran, daß der Mensch, der nach dem Keulenschlag des Zweiten Weltkrieges wenigstens dieses eine Auge geöffnet hat, sich nun der Tatsache gegenübersieht, daß er dabei ist, seinen Planeten unbewohnbar zu machen. Wahrscheinlich ist es – auch daran glaube ich – zu spät, um unserem selbstverschuldeten Untergang der Welt noch entgegenzuwirken. Aber anstatt das wenigstens zu versuchen, glaube ich, daß der Mensch eher das eine Auge wieder verschließen und wie bisher weiterwursteln wird. Ich glaube daran, daß die Menschheit am Ende ist. Ich glaube daran, daß es nicht schade darum ist.

»Der Hahnenkamm im Abendlicht« (1953)

Sechzehntes Intermezzo

Zeichen über den Tod hinaus

Die Tatsache, daß alle Menschen einmal sterben werden, ist eine der wenigen objektiv feststehenden Wahrheiten im philosophischen und theologischen Denkbereich. Die Fragen nach der Endlichkeit oder der Unendlichkeit der Welt, des Weiterlebens der Seele nach dem Tode, konnten bisher nur durch philosophische oder religiöse Spekulationen beantwortet werden. Es gibt die Erkenntnis, und es gibt den Glauben. Die meiste Zeit der überblickbaren Geistesgeschichte der Menschheit vermittelte religiöser Glaube die Gewißheit eines Fortlebens der Seele nach dem Tode. Erst die marxistische Glaubenslehre, die erste institutionelle Kirche ohne Gott, verlangt den Glauben an den Tod der Seele mit dem Tod des Körpers. (Ich vermute: Allein dies reichte hin, daß man auf die Dauer mit dem Marxismus die Menschen nicht befriedigen konnte.)

Das sind die Glaubensdinge. Im Bereich der Erkenntnis sind bisher keine Anhaltspunkte für ein Fortleben der Seele nach dem Tode aufgetaucht. Die philosophische Wissenschaft, die sich seit vielen Jahrhunderten der Erkenntnis rühmt, hat kein unangefochtenes System hervorgebracht, das die Rätsel des Lebens (und des Todes) löste und das auch für denjenigen annehmbar ist, der an die Erkenntnis strenge Anforderungen stellt. Ich vermute, daß die Philosophie, von Platon bis Heidegger, überschätzt wird. (Sie hat ihren hohen Kredit auf der Welt größtenteils nur durch die schwere Verständlichkeit ihrer Äußerungen zu verteidigen vermocht.) Ich vermute, daß die Philosophie nichts taugt. Die philosophische Wissenschaft, eine Lehrerin, die dreitausend Jahre lang keine schlüssige Antwort zu geben vermochte (hundert Antworten auf eine Frage sind keine Antwort), sollte wenigstens das eine erkennen: daß sie hinfort schweigen sollte. Daß ich eines Tages sterben werde, weiß ich auch ohne sie. Das Phänomen Tod hängt mit dem Phänomen Zeit zusammen. Zeit an sich gibt es wohl nicht. Ein leeres Weltall hätte keine Zeit. Zeit ist bestimmt durch den Ablauf von kosmischen Vorgängen, zu denen das irdische Leben gehört, Vorgängen, die einen Anfang und ein Ende haben. Das Universum ist in der Erscheinungsform, die wir – fragmentarisch – kennen, auf die Endlichkeit der Lebensvorgänge angelegt. Endlosigkeit, Zeitlosigkeit ist in dieser Erscheinungsform nicht vorgesehen. Der körperlich unsterbliche Mensch ist zwar gelegentlich Gegenstand legendenhafter und literarischer Spielereien gewesen (»ich selber exkludier mich nicht«), in Wahrheit ist er nicht denkbar. Der Tod, das unausweichliche Ende der körperlichen Existenz, ist immer und für jeden die sichtbare Grenze der Betätigungsmöglichkeit gewesen. Dem Menschen wohnt aber – vielleicht nur aus Überheblichkeit, weil er besser denken kann als die Ameise, vielleicht ist es aber doch der göttliche Funke – ein Drang nach Verewigung inne. Der Mensch hat den Drang, auf der Welt Zeichen zu setzen, die über seinen Tod hinaus zeugen, daß er da war. Dieser Drang wäre im – wie gesagt undenkbaren – Fall des körperlich ewigen Menschen überflüssig und wahrscheinlich nicht vorhanden. Der Drang, solche Zeichen zu setzen, hat durch schöpferische Menschen zu dem geführt, was wir Kunst nennen. Faulkner hat gesagt, er habe mit seinen Werken eigentlich nichts anderes getan als »Killroy was here« in die Wand gekratzt. Der Tod, oder vielmehr die Gewißheit, daß wir sterben werden, ist für den schöpferischen Menschen die erste und wichtigste Voraussetzung seiner Arbeit. Wenn es Gott gibt, ist der Tod eine der wenigen allgemeinen Gnaden, der Sinn des Lebens.

Man legt jeden Tag oder jede Nacht, wann man eben zu schreiben, zu malen oder zu komponieren aufhört, den Bleistift, den Pinsel oder das Blatt zur Seite. Einmal, heute oder morgen, wird es das letzte Mal gewesen sein. Glücklich ist der, der jeden Tag ein Blatt zur Seite legen kann, mit dem er auch dann zufrieden wäre, wenn darauf die *letzte* Zeile steht, die er geschrieben hat.

ROT

blau

»Für alle schönen Nymphen
H. R. 93«

Weitere Titel von Herbert Rosendorfer

Ballmanns Leiden oder Lehrbuch für Konkursrecht.
Roman, 256 Seiten, Leinen, DM 19,90, ISBN 3-485-00408-1

Briefe in die chinesische Vergangenheit.
312 Seiten, Gebunden, DM 19,80, ISBN 3-485-00730-7

Eichkatzelried. Geschichten aus Kindheit und Jugend. Mit farbigen Illustrationen von M. Prechtl.
224 Seiten, Gebunden, DM 34,--, ISBN 3-485-00739-0

Die Frau seines Lebens und andere Geschichten.
238 Seiten, Gebunden, DM 29,90, ISBN 3-485-00498-7

Das Gespenst der Krokodile und Über das Küssen der Erde.
222 Seiten, Leinen, DM 29,90, ISBN 3-485-0545-2

Die bayerische Götterdämmerung. König Ludwig II. von Bayern und die echte Wahrheit über das Neuschwanstein-Komplott.
In Zusammenarbeit mit Jean-Marie Bottequin.
60 Seiten mit 30 Abbildungen, Gebunden, DM 58,--
ISBN 3-485-01817-1

Herkulesbad. Eine österreichische Geschichte.
160 Seiten, Gebunden, DM 19,90, ISBN 3-485-00495-2

Vier Jahreszeiten im Yrwental. Vier Berichte.
308 Seiten, Leinen, DM 39,90, ISBN 3-485-00527-4

Das Messingherz oder Die kurzen Beine der Wahrheit. Bd.I der Werkausgabe. 584 Seiten, Leinen, DM 44,--, ISBN 3-485-00572-X

...ich geh zu Fuß nach Bozen und andere persönliche Geschichten.
252 Seiten, Leinen, DM 29,90, ISBN 3-485-00566-5

Der Prinz von Homburg. Bd. III der Werkausgabe
342 Seiten mit 24 Abb., Leinen, DM 39,90, ISBN 3-485-00596-7

Große Prosa. Hrsg. von Hans A. Neunzig
512 Seiten mit Lesebändchen, Leinen, DM 44,-- ISBN 3-485-00682-3

Der Ruinenbaumeister. Bd. VI der Werkausgabe.
460 Seiten, Leinen, DM 29,80, ISBN 3-485-00666-1

Skaumo - Schelmenlied. Bd. II der Werkausgabe. Zwei Erzählungen.
160 Seiten, Leinen, DM 29,90, ISBN 3-485-00591-6

Königlich-bayerisches Sportbrevier. 205 Seiten mit Zeichnungen von Johannes Behler. Leinen, DM 29,90, ISBN 3-485-00473-1

Stephanie und das vorige Leben.
Roman, 207 Seiten, Gebunden, DM 29,90, ISBN 3-485-00539-8

Deutsche Suite. Bd. V der Werkausgabe. 272 Seiten, Leinen, DM 39,90, ISBN 3-485-00655-6

Der Traum des Intendanten. Gedanken zur Musik, Hrsg. von Karl Schumann. 272 Seiten, Leinen, DM 29,90, ISBN 3-485-00470-7

Das Zwergenschloß und sieben andere Erzählungen.
274 Seiten, Leinen, DM 29,90, ISBN 3-485-00432-4

Die Geschichten »Seit unvordenklichen Zeiten«
(»Die Übersiedlung nach München«) und
»Et habui clavem ego« sind entnommen aus:
Herbert Rosendorfer: Die Erfindung des SommerWinters.
Neue Erzählungen, Gedichte, Glossen und Aufsätze.

Schutzumschlag: Wolfgang Heinzel, München
unter Verwendung eines Aquarells von Herbert Rosendorfer
Satz: Filmsatz Schröter GmbH, München
Gesetzt aus der 10/12 Stempel Garamond auf Macintosh
in QuarkXPress
Druck und Binden: Graphischer Großbetrieb
Pößneck GmbH – Ein Mohndruck-Betrieb –
Printed in Germany
ISBN 3-485-00791-9